달은
적도로
기운다

달은 적도로 기운다

초판 1쇄 인쇄일 2018년 9월 10일
초판 1쇄 발행일 2018년 9월 17일

지은이 신정근
펴낸이 양옥매
교　정 조준경

펴낸곳 도서출판 책과나무
출판등록 제2012-000376
주소 서울특별시 마포구 방울내로 79 이노빌딩 302호
대표전화 02.372.1537　**팩스** 02.372.1538
이메일 booknamu2007@naver.com
홈페이지 www.booknamu.com
ISBN 979-11-5776-618-5(03810)

이 도서의 국립중앙도서관 출판시도서목록(CIP)은 서지정보유통지원 시스템 홈페이지(http://seoji.nl.go.kr)와 국가자료공동목록시스템(http://www.nl.go.kr/kolisnet)에서 이용하실 수 있습니다.
(CIP제어번호 : CIP2018028175)

*이 도서는 2018년 아르코문학창작기금의 수혜를 받아 발간된 작품입니다.

달은 적도로 기운다

✸ 아르코문학창작기금 수상작가 작품집 ✸

글.그림

신정근
x
Daeng Tarru

프롤로그

적도의 겨울을 기다리며

느리다, 느리다. 도시를 여러 갈래로 쪼개며 가로지르는 좁은 강줄기와 그 안에서 살아가는 사람들의 삶이 더없이 느리게 흐른다. 그들에게서 풍기는 땀 냄새와 앎의 방식들까지도 시간이 멈춘 듯한 이곳에선 한없이 느리다. 그렇게 사람들은 시간에 무감각해진 지 오래다. 얼마 전 끝난 라마단을 지나면서 더 그렇게 되었는지 모른다. 그건 아마도 이 땅을 지나는 적도선만큼이나 느린 생활의 방식 때문이리라.

하지만 보기에 느리거나 게으르다 하여 마냥 탓할 수는 없는 노릇이다. 누구의 기준으로 어떤 탓을 할 수 있겠는가. 세상 어디든 모든 사회 저마다에 뿌리내린 사람들은 그들 나름의 속도와 방향으로 인생이라는 기나긴 여행을 건너갈 자유와 권리가 있으니까 말이다. 가끔은 그 방식이 마음에 안 들거나 답답할 때도 있지만 타인의 영역에 잠시 들른 여행자에게는 그들의 삶을 침해하거나 억지로 바꿀 권리가 없다는 것쯤은 어느새 깨달아 버린 것 같다.

참으로 지난한 몇 해의 여름이었다. 더듬더듬 그들의 언어로 말을 섞고, 살을 닿고, 생각을 공유하고, 때론 타박도 하면서 인도네시아에서 세월을 보내는 동안 나는 이미 내가 어디에서 왔는지에 대한 정체성보다는 지금, 현재의 삶에 더욱 충실하고자 노력했는지도 모른다.

그러다 보니 내가 태어난 서울의 겨울은 시꺼먼 바다 저편으로 밀어두고 하루하루 힘들게 적응해야 하는 적도의 여름을 어떻게 지나갈까에 대한 생각만으로 가득 찼던 것은 아닐까. 그래도 평범한 일상이어서 참으로 다행이었다. 특별하지 않은 삶이어서 행복했다. 스스로 잘난 것도 없고, 대단한 삶을 살고자 한 것이 아니어서 그나마 서로 다른 사람들과 많이 웃고, 울고, 떠들고, 때로는 위로와 격려도 함께할 수 있었던 것 같다.

사람이 살지 않을 것 같은 이 섬에도 사람들이 산다. 한국에는 많이 알려지지 않은 이곳에서도 사람들은 사랑에 설레어하며, 헤어짐에 슬퍼한다. 나처럼 드물게 보이는 외국인은 어딜 가나 아이들에게는 신기함의 대상임과 동시에 하루의 깔깔거림을 대체할 수 있는 좋은 먹잇감이 된다. 그런 아이들을 바라보는 나에게도 그것은 일상의 소소한 미소로 변화되어 번지기도 하여 꼭 아이들만 행복한 것도 아니다. 본의 아니게 그들을 행복하게 만든 나에게도 긍정적인 감정이 전이되어 또 다른 행복으로 다가오기 마련이다.

여기 마카사르에도, 그리고 한국에도 수많은 행복의 변화들이 있으리라. 내가 이곳에 발을 디딘 시간보다 더한 한파가 지나간 다음에도 서울에는 해마다 봄이 찾아왔을 것이다. 부드러운 바람과 깃털 같은 꽃씨가 사방에 뿌려졌을 것이다. 보일 듯 말 듯한 작은 꽃씨들이 도시와 근교 어딘가에서 흙의 표면을 뚫고 나와 꽃이라고 불리는 생명으로 존재하기까지 나름대로 얼마나 많은 시절을 견디어 냈을까를 생각하면 우리들의 삶도 필시 그러하리라.

절대 왕권처럼 군림하는 적도의 태양 아래서는 한국에서처럼 각양각색의 꽃을 찾아보기 힘든 탓에 나는 봄마다 피는 노랑 개나리와 여름이 지나간 자리에 피어난 가을의 코스모스가 내심 그리웠다. 꽃도, 나무도 그것에 알맞은 토양과 적당한 바람과 잘 버무려진 온난한 공기는 물론이고, 너무 많지 않은 물도 있어야 할 것인데 동남아시아의 대부분이 그렇듯 인도네시아도 너무 뜨거운 날씨와 사나운 빗줄기만을 품고 있는 곳이어서 샌님처럼 연약하고 아름답기만 한 꽃에게는 오히려 살아내기 힘든 곳일지도 모른다.

우리네 인생에도 그에 알맞은 적당한 시련과 도전이 있을 것이다. 많지 않은 기회를 부여받은 사랑과 시기와 질투의 시간도 있을 것이다. 그리고 그런 감정과 상황들이 잘 버무려졌을 때 우리는 괜찮은 삶을 살았다고 이야기하는 게 아닐까.

삶이란 그 종류가 무엇이건 간에 그 자체로 책갈피 속 묵혀 둔 사진처럼 변색되기도 하고, 빛바랜 색이 더 깊은 추억을 발하기도 한다. 이곳에서도, 저곳에서도 똑같은 색깔이지만 다른 생각으로 살아가는 사람들의 한때를 나는 내가 사랑하는 인도네시아 사람들과 함께여서 퍽이나 운이 좋은 사람이라고 생각한다. 내가 그들에게 다가간 만큼 나에게 거리를 두지 않아서 다행스러운 시간이었다. 부족하면 부족한 대로, 다르거나 모자라면 모자란 대로 같은 땅 위에서 손을 맞잡을 수 있어서 좋은 시절이었다.

그리고 이젠 다른 냄새로 다가오는 한국의 여름 속으로 돌아가는 나는 오히려 절대 찾아오지 않을 적도의 겨울을 기다리고 싶다. 오지 않을 것을 알면서도 기다릴 것이라는 믿음이 다시 만날 그 언제쯤을 오히려 더욱 강한 신념으로 승화시키기 때문이다. 살아 있는 동안 누구에게나 지나가지 않았으면 하는 시절이 한 번쯤은 있을 것이다. 그래도 어차피 지나가야 하는 것이라면 잠시 안녕이라고 말하며 짧은 미소는 남기어 두었으면 한다. 마음으로 이별의 눈물을 흘릴지라도 하얀 치아를 드러내며 적도의 사람들에게 웃음으로 답했으면 한다. 이 섬이 나에게 준 것에 비하면 하잘것없는 것일지라도 말이다.

목차

異邦의 섬

시간은 너무도 잔인하고 공평하게 모자란 것은 모자란 대로, 어떤 것도 과분하지 않게 모든 것을 일갈해 버리는 평등함이 있다. 지난날 어리석은 모습은 나무에서 떨어진 썩은 사과가 되어 더 이상 꿈속에 나타나지 않게 된다. 때론 꿈이 현실이 되기도 하고, 현실을 가장한 환상은 꿈의 본질을 흩트려 놓기도 한다.

언제나 새롭던 섬에서의 일상은 도무지 시간이 가지 않는 지겨운 수학 시간처럼 지루함만 가득한 날들이 이어졌다. 어떤 가벼운 현실도 놀이가 될 수 없고, 항상 즐거움과 행복을 보장하지 않는다는 것을, 섬은 지독한 일상의 흐름 속에 나를 가두고 이 같은 호된 가르침을 주었는지도 모른다.

모든 것은 빠르게 흘러간다. 잊고 싶지 않은 추억은 더 빠르게 흐른다. 그러다가 안개처럼 시야를 막고 어느새 저만치 사라져 간다. 애초에 그것이 심장에 닿았을 때와는 다르게 아무것도 남기지 않고 소리 없이 물러갈 뿐이다. 사랑도, 미움도, 노여움도, 두려움도, 부끄러움과 그 뒤에 누군가 희미하게 흘린 비웃음도… 모든 것은 섬의 새벽안개와 함께 그것이 마련해 놓은 세찬 바람 저편으로 사라져 간다.

거대한 섬 안의 작은 도시는 아름다운 땅과 바다의 남쪽 끄트머리에 있다. 마카사르 해협이 끝나는 곳에서 어부들은 각자의 삶을 시작하고 닻을 올린다. 가족의 기대를 짊어진 어부들은 굳은살이 박인 두꺼운 손으로 투박한 그물을 끌어올린다. 매서운 눈을 부릅뜨고 섬의 새벽 등대와 이별하며 끝도 없는 바다의 올곧은 수평선을 향해 출항할 것이 분명하다.

그리고 어선들은 아마 그 아래로 흐르는 플로레스 해협을 넘나들며 거친 파도를 타고 넘어 맞부딪혀 오는 바람을 오롯이 벗 삼아 만선의 기쁨에 들떠 있을 것이다. 까마득한 새벽을 가로질러 그들의 무사 귀항을 바라는 이슬람 사원의 기도 소리는 온 도시에 퍼지고, 시장의 상인들은 건강하고 싱싱한 생선의 심장 소리를 기대하고 있을 것이다.

섬에서 살아가는 사람들에게 바다는 단순한 자연 그 이상의 것이리라. 필연적으로 바다는 오래전 누군가가 살았을 어제의 아침이고, 오후의 삶을 위한 거대한 물고기 창고이며, 내일을 버텨 내기 위한 노동의 현장이다. 그리고 동시에 그 남자들, 아버지들에겐 아들의 미래를 위한 학습장이며, 남편으로서의 무한의 무게를 느껴야 하는 부담스런 터전임에 틀림없다.

그것은 내가 떠나온 서울이라는 대도시의 전쟁터에서 목숨 걸고 일하는 보통의 샐러리맨들과 다르지 않을 것이다. 하지만 그렇게 다져진 섬의 일상이 이방인의 가슴에 더 아련히 새겨지는 것은 어릴 적 아버지의 차디찬 겨울 손과 김 서린 안경 너머로 스며져 나오는 사내의 냄새가 더 생각나기 때문이다.

두툼한 안경알을 덮은 하얀 김이 사라지기도 전에 아버지 손에 들린 따끈한 군밤과 군고구마를 얼른 낚아채어 좋아하던 어린아이는 어느덧 그 아버지의 눈 밑을 벗어나고, 어머니의 늘어진 젖가슴을 떠나온지 오래다. 그리고 이제는 그 겨울을 따습게 데우던 고구마보다 더 뜨거운 적도의 섬에서 힘든 걸음을 딛고 있는 것이리라.

앞바다에서 불어오는 바람의 깊이를 알 수는 없다. 고국의 그리움일지도 모르는 바람은 물고기의 비릿한 냄새가 더해져 국경을 넘고 이제는 출생을 알 수 없는 무명(無名)의 풍경이 되어 버렸다. 그리고 어느덧 생각으로부터 소멸한 고향은 또 다른 '마음의 국적'을 만들기에 이르렀다.

정오의 도시는 모든 것을 하얗게 불태우는 열정으로 가득하다. 뙤약볕 아래서 과일을 파는 사람들도, 리어카를 끌고 다니며 국수 한 그릇을 파는 중년의 남자들도, 강의실을 박차고 나와 집회와 가두행진에 참여하는 대학생들도 모두 저마다의 사연을 가지고 거리로 쏟아져 나와 각자의 자리에서 뜨거운 태양보다 더 뜨겁게 일렁이는 가슴으로 삶을 살아내고 있다. 다른 누군가의 무엇이 아닌 스스로의 존재로서 도시의 부분을 만들어 내는 그들의 모습이 새삼 대견스럽다.

그래서 대지의 어머니는 이미 알고 있으리라. 그녀의 자식들이 세상 곳곳에서 다른 피부, 다른 언어, 다른 문화로 존재한다는 것을 말이다. 설령, 그것이 공기 중에 유랑하는 사춘기 청춘이라 하여도, 스스로 미미한 존재로 치부하는 월급쟁이라 하여도, 아스팔트 위를 유령처럼 떠도는 아지랑이라고 하여도 말이다. 모든 것은 그것 자체로 삶의 의미를 충분히 부여받은 존재라는 것을 그녀는 우리에게 다른 형태의 행복과 고통을 선사하며 말하고 있는 것인지도 모른다.

“내가 걱정하지 않아도 넌 잘 지내고 있을 거라고 생각했어. 당연히 그렇게 생각하고 있었지. 그래서 일부러 한동안 연락하지 않았던 거야. 좀 바쁘기도 했고. 내 말이 맞지? 여전히 넌 잘 지내고 있지? 그렇지?”

인근의 다른 나라에서 외국인의 신분으로 일을 하고 있는 터키 여자가 오랜만에 연락을 해 왔다. 벌써 두 달이 지났던가. 그녀가 이 섬을 다녀간 지가.

"네 말이 맞아. 난 잘 지내고 있어. 너도 잘 있지? 그래, 계속 잘 지내길 기도할게. 잘 있어. 그리고 곧 다시 만나."

나는 그녀에게 건조한 안부와 지키지도 못할 상투적인 약속을 하였지만 사실 마음속으로는 그 터키 여자가 정말 잘 지내길 바랐다. 그리고 기회가 된다면 어디에서든 곧 다시 만날 수 있으리라는 허무맹랑한 믿음도 있었다. 그녀와 나 사이에 어떤 공통분모가 있는지 모르겠다. 그녀가 약간의 한국말을 알아들을 수 있다는 것 그리고 우리 둘 다 인도네시아 말을 어느 정도 이해할 수 있다는 것. 그래서인지 우리의 대화는 때론 한국어와 인도네시아어 그리고 영어까지 이렇게 세 언어의 국경이 맞닿은 것처럼 복잡하게 얽힐 때가 더러 있다. 또 뭐가 있을까. 몇 년 전, 인도네시아에서 처음 만났고 사람 냄새를 좋아한다는 것이 아닐까.

그녀는 종종 나의 말투가, 아니 엄밀히는 '어법'이 정치적이라고 했다. 그렇다고 그것을 비꼬아서 하는 말은 아니었다. 그녀는 진짜로 나의 답변과 말투, 예의 그 중립적인 어법을 '정치적'이라고 느꼈는지도 모른다. 하지만 나는 단지 그녀의 어떤 질문에 답하였을 뿐이고, 매일 인간의 참을성을 시험하는 적도의 사나운 여름 날씨를 등에 업고 합당한 대답을 했을 뿐이다. 모든 것은 그럴 수도 있고, 아닐 수도 있다. 그렇다고 해도 괜찮고, 아니어도 상관없다. 터키 여자만 괜찮다면.

－그녀가 다녀간 후 얼마 지나지 않아 미얀마의 소수민족 로힝야에 대한 과격한 군사적 무력 진압이 세계 언론에 보도되면서 그녀의 신변이 걱정되었지만 다행히도 그녀는 안전이 보장된 외국인 구역에 머무르고 있다는 소식을 전해왔다. 나는 다행스러운 마음에 가슴을 쓸어내렸다.－

그런데 역시나 우리의 공통점이라는 것은 각자 서로의 나라를 떠나 국경을 한참 가로질러 다른 나라에서 우리만의 삶을 일구어 가고 있다는 점일 것이다. 국외자로서, 흔히 말하는 이방인으로서의 삶이 어떤 이에게는 흥미롭게 보이기도 할 것이다. 또 다른 이에게는 자유롭고, 색다른 경험 속에 있다고 느낄 수도 있을 것이다.

종종 그것은 나라 안에 있는 사람으로 하여금 환상과 마법 같은 이야기가 가득한 이솝우화 속 주인공으로 비춰질 수도 있다. 그들이 느끼는 지루한 일상에서 흉내 내기 힘든 여유와 풍요의 상징으로 여겨질 수도 있음을 어느 정도 이해한다. 그리고 그런 부러움이 그들로 하여금 시기와 질투, 때론 상대적 박탈감과 절망의 싹을 움트게 할 수도 있을 것이다.

하지만 나는 생각건대, 그들이 생각하는 그것은 '찰나의 낭만'이지 싶다. 왜냐하면 어디에서든, 어떤 식으로든 삶은 계속되기 때문이다. 그것을 버티어 내는 것이 어찌 국경에 '갇힌' 사람들뿐이겠는가. 국경 밖의 쓸쓸함은 안에서 바라보는 상상 그 이상의 잿빛 외로움이라고 감히 말하여 본다. 하얀 겨울의 송곳바람이 동물원의 사슴과 야생의 사슴 모두에게 똑같이 비켜 가지 않는 것처럼 말이다.

하지만 최소한 그 불안의 불완전만큼이나 온전한 의지를 가질 수 있다면 설령 그것이 당장 사그라들지도 모를 난로 속 쭉정이일지라도 나는 똑같은 삶을 택하고 싶다. 스스로 히피의 마음으로 살아간다고 말하는 터키 여자도 아마 나와 같은 생각이지 않을까. 어쩌면 이 섬도 그것을 나에게 가르쳐 주기 위해 그토록 지리멸렬한 태양과 평범함의 반복을 끊임없이 보여 주고 있는 것이 아닌가 생각한다.

십이월의 온도

이른 아침, 도시는 어제의 열기로 가득하다. 물론 언제나 더울 수밖에 없는 적도의 온도는 추운 나라에서 온 여행자들에게 보편적 여름의 끝을 보여 준다. 가끔은 지구에서 얼마나 더울 수 있는지를 몸소 보여 주듯 거리낌 없는 태양의 민낯으로 여행자의 발걸음을 커다란 코코넛 나무 밑에 묶어 두기도 한다.

그 무섭고도 무더운 여름은 일월부터 십이월까지 언제나 변함이 없고 한결같다. 절기상 서울의 겨울에 해당하는 기간에도 예외는 아니다. 그 시기에 적도의 인도네시아는 우기를 지나고 있지만 그렇다고 해서 비바람만 있는 것은 아니다. 한국이나 일본, 싱가포르의 여름처럼 굉장히 습하거나 끈적끈적한 기후는 아니지만 그래도 우기의 적도는 건기의 적도와는 또 다른 모습을 보여 준다. 특히나 바람과 태양, 비가 하루에 공존하는 우기일지라도 덥기는 매한가지다.

후텁지근한 열기는 여전히 지면을 감싸고 있어서 금방이라도 거리를 배회하는 길고양이의 맨발바닥을 따끔하게 할 정도는 될 것 같다. 그러다가도 늦은 오후가 넘어갈 무렵이 되면 어김없이 하늘은 먹구름을 잔뜩 머금고, 세상의 모든 심술을 다 가진 듯한 표정을 하고서 금방이라도 영화 '배트맨' 속 악당 조커(Joker)가 등장할 것만 같은 음흉한 분위기를 조성한다.

그럼에도 사람들은 우산을 들고 다니는 이가 없다. 대부분의 사람들이 오토바이를 타고 다녀서 비가 쏟아지기라도 할라치면 길가에 잠시 오토바이를 세워 두고 익숙한 동작으로 좌석 밑에 항시 대기 중인 우비를 재빨리 꺼내 입고는 다시 아무렇지 않은 듯 가던 길을 재촉하는 것이 무척 편안해 보인다. 아스팔트와 함석 슬레이트 지붕을 사정없이 내리치는 폭우에도 불구하고 사람들의 행동에는 여유가 넘치고, 차분한 아우라를 풍긴다. 어찌 보면 굼뜨게 보일 때도 있지만 서두르다 실수를 하는 것보다는 현명하고, 지혜로운 것 같다.

한국에서는 이렇게 거대한 오토바이 행렬을 볼 수 없는 탓에 이곳의 풍경은 언제나 장관을 이룬다. '부릉-부르릉' 아프리카 평원을 휘젓는 맹수의 울음처럼 으르렁거리는 경쾌한 오토바이 엔진 소리는 도시의 낯을 더욱 생기 있고, 활동적으로 만든다. 그것은 그들에게 있어서 굉장히 유용한 교통수단임과 동시에 오래된 친구나 애인 같은 존재이기도 하다.

그도 그럴 것이, 실제로 그것은 단순한 기계 이상의 역할을 한다. 공부를 하러 갈 때도, 일터에 갈 때도, 애인과의 사랑을 유지하기 위해서도 오토바이는 적어도 이 사회에서만큼은 거의 절대적이고 필수적이다. 더구나 도로 사정이 좋지 못하고, 대중교통이 활발하지 못한 인도네시아 마카사르에서는 더욱 그러할 것이다. 차가 막힐 때에도 오토바이 부대들은 거리낌 없이 트럭과 택시 사이를 요리조리 피해 가며 능수능란한 솜씨로 교통체증을 따돌리는 모습이 마치 만화영화 속 제리(Jerry)처럼 날쌔고, 재기발랄하다.

때론 오토바이는 이곳에서 돈벌이의 수단이 되기도 한다. 한국에도 퀵서비스가 있지만 이곳에서는 그랩(Grab), 고젝(Go-Jek), 우버(Uber) 같은 어플리케이션을 통해 언제 어디에서든 손님을 목적지까지 실어 나르고, 심지어 음식을 주문하거나 도시 내에서 간단한 소포나 편지 등을 재빨리 보낼 수도 있다. 말 그대로 1인 다역을 하는 셈이다.

자카르타나 수라바야처럼 더 큰 도시에서는 그들이 청소 서비스도 대행하고, 비행기나 열차 티켓 구매도 대신해 준다고 들었다. 이렇게 오토바이는 그들 삶 속 깊숙한 곳까지 함께하는 모세혈관이고, 도저히 헤어지려 해도 헤어질 수 없는 끈끈한 가족 같은 존재가 아닐 수 없다. 오토바이 부대가 없다면 도시는 얼마나 황량하고, 적막할까.

하지만 비가 내리기 시작하면 그들도 잠시 일하기를 멈춘다. 사람들은 조금 게으름을 피우고, 나태해지며, 약속 장소에 나타나지 않을 때도 비일비재하다. 하나같이 이유는 비 때문이다. 그러나 어찌 됐든 적도의 우기는 이곳에서 삶을 지탱하는 사람들이나 여행자들에게 똑같이 바쁜 일상에 쉼표를 찍어 주는 듯하다. 비가 억수같이 오는 날에는 어딜 나갈 생각조차 할 수 없다. 인터넷이 끊기거나 정전이 되지 않으면 그나마 다행이라고 해야 할 것이다.

그럴 땐 한국의 겨울을 상상하게 되는데 지금처럼 뉴스에서 모국의 눈 소식을 접할 때마다 몸서리치게 추운 겨울바람이 적도의 뺨을 세차게 한 번 후려쳐 주었으면 하는 마음이 간절해진다. 코트를 입은 사람들, 두꺼운 머플러와 장갑으로 무장한 사람들이 총총걸음으로 지하철역과 버스 정류장 어딘가로 향하는 모습이 눈에 선하다. 한반도의 십이월은 그렇게 적도의 십이월과는 확연한 차이를 가지고 있으리라.

벌써 십 년도 더 전에 연천의 한 군사분계선에서 나름대로 꽤나 추운 겨울의 한계를 경험한 내가 세월이 흘러 무더위의 한계와 맞서고 있는 것이 참으로 아이러니하다. 나는 가끔 '춥다'라는 동사에 대한 개념이 머릿속에 희미한 인도네시아 사람들에게 그것을 설명하고자 애써 노력할 때가 있다. 그들은 나의 이야기에 맞장구를 치며 겨울의 온도를 이해하려 하지만 사실 살면서 실제로 눈을 한 번도 본적이 없는 사람이 대다수인 이 섬에서 그것을 사실적으로 설명하기란 쉽지 않다. 물론 그들도 추위를 느끼기는 하지만 영하 20도 가까이 떨어지는 강추위를 적도의 사람들이 느끼기에는 불가능하기 때문이다.

한국 드라마를 좋아하는 몇몇 인도네시아 친구들은 화면에 나오는 눈을 직접 보고 싶어 한다. 어쩌면 그들에겐 그것이 일생의 소원이자 미지에의 동경이며, 최후의 낭만이 될 수도 있을 것이다. 아마도 그들에게 눈과 겨울은 관념 속에 존재하는 환영일지도 모른다.

나는 어릴 적 아직 눈이 오염되지 않고 깨끗했던 그 시절 하늘에서 소금처럼 떨어지는 눈을 먹어 보고 돋보기로 들여다본 자연의 민낯을 그들에게 마치 대단한 무용담인 양 이야기할 때가 있다. 그럴 때마다 그들의 눈은 휘둥그레지고 입에서는 감탄사를 내뱉기도 하는데 그 모습들이 나에게는 더없이 순수한 느낌으로 다가온다.

하지만 벌써 몇 해째 이곳에서 자의 반 타의 반 현실 속 유목하는 여행생활자로 살아가는 나는 이제 또 어김없이 돌아오는 십이월의 섬머 크리스마스(Summer Christmas)를 보내야 한다. 무슬림이 대부분인 이 섬에서는 그 흔한 크리스마스 캐럴은 물론이고, 쇼핑몰이나 대형 패

스트푸드점에서 볼 수 있는 산타클로스 복장도 거의 보기가 힘들다. 도시는 언제나 그랬듯 시시각각 정해진 시간에 울려 퍼지는 이슬람 사원의 기도 소리만 가득할 뿐이다. 그래서 사실 크리스마스인지 아닌지 무미건조하게 잊고 지나갈 때가 많다. 그만큼 감정의 리듬도 날씨나 환경의 영향을 짙게 받는 것인가 보다.

어느새 겨울의 설렘은 여름의 혼돈 속에서 자취를 감추고 만다. 타향(他鄕)의 삶은 십이월의 낭만을 사치의 액세서리쯤으로 탈바꿈시킨다. 아직도 뼛속을 파고드는 겨울의 찬바람을 온전히 기억하는 나는 타국의 여름도 쉽게 지우고 싶지 않다. 내 가슴속 상반된 두 개의 십이월은 현실의 온도 차를 줄일 수 있을까.

오늘도 달린다

달은 적도로 기운다

비가 오는 인도네시아의 12월은 언제나 그렇듯 그리 달갑지 않다. 이렇게 비가 한시도 쉬지 않고 내리는 날에는 집에 틀어박혀 음악을 듣는 게 상책이다. 그중에서도 빌 에반스의 '보이지 않는' 음악은 '만질 수 없는' 비의 풍경과 잘 어울리는 것 같다.

노래하는 트럼펫 연주자였던 쳇 베이커(Chet Baker)의 연주곡을 찾아 듣다가 발견한 미국의 재즈 피아니스트 빌 에반스(Bill Evans)의 음악은 듀크 엘링턴(Duke Ellington)처럼 자유롭고 경쾌하게 건반 위를 뛰노는 피아노 연주보다 좀 더 차분하고 절제된 선율을 가지고 있어서 함석 슬레이트를 때리는 적당한 빗소리와 듣고 있으면 마음이 안정되는 기분이다. 음악이라는 것은 언제 어디에서나 위로의 언어를 가지고 있어서 그것이 힙합이든, 트로트든, 블루스 음악이든 하나의 언어로 이야기하는 것 같아 듣는 이의 가슴을 따뜻하게 만든다.

나는 빌 에반스의 앨범 중에서 특히나 'Since we met'(1974)과 'We will meet again'(1977), 'I will say goodbye'(1979)를 좋아하는데 1974년부터 각각 순차적 시간에 따라 발표된 만남과 헤어짐을 주제로 한 음반은 70년대에 만들어진 것이라고는 믿을 수 없는, 지금 들어도 여전히 세련되고 담백한 리듬을 들려주고 있다. 그리고 그 아련한 음색이 지금 당장 누군가를 만나야 할 것 같은 몽상과 함께 개인적인 과거로의 시간 역행을 하도록 유도한다.

그렇다, 만남이라는 것은 때론 많은 것을 약속하고 싶었으나 그러지 못할 때가 있다. 더 많은 것을 주지 못한 것을 후회할 때가 있다. 꼭 아름다운 말이 아니더라도 좋으니 상대방은 그저 순한 말을 기대한 것뿐인데 그것조차 하지 못할 때가 더 많다.

하늘의 수많은 별들보다 더 많은 사랑의 고백을 한다 하여도 그것은 별보다 더 많은 공기 중의 무수한 먼지로 변태하여 과거의 밀어(密語)들이 봉합되지 않은 채 시궁창 냄새보다 더 독한 무언가로 남겨지기도 한다. 그리고 결국 하나의 상처는 둘로 쪼개어지고 외로운 섬에 남겨진 또 다른 상처를 위로하지도 못한 채 서둘러 그것을 회피해야만 했던 것은 복숭아뼈 아래 지울 수 없는 문신처럼 지독한 흔적으로 남게 된다. 마치 필연적으로 그러한 상흔을 기다리기라도 한 것처럼 말이다. 그날의 기억처럼.

"갈게."

"공항까지 같이 갈까?"

"아니. 괜찮아."

"왜?"

"내 뒤에 서 있는 네가 싫으니까."

나는 한사코 그녀의 뜻을 거절하였다. 나는 단호했다. 어쩌면 아직 어떤 종류의 이별에도 익숙하지 않아서였으리라. 어떤 감정의 장벽도 넘을 용기가 없어서였으리라. 우리는 서로를 물끄러미 바라보다가 바보처럼 낯익은 입맞춤으로 족자카르타에서 함께했던 1년이란 시간을 순식간에 마무리 지었다.

지난 며칠 동안 짐을 꾸렸다가 다시 풀기를 반복하였다. 무엇을 먼저 해야 할지 몰라서라기보다는 어떤 것을 넣고 빼야 할지 몰랐기 때문이라고 해야 더 현실적일 것이다. 그 과정에서 어떤 짐은 남겨 두기도 하고, 어떤 것은 나의 기억회로에서 강제 폐기처분되기도 하였다. 그것들은 지금쯤 아마 이국 땅 어느 쓰레기통에서 유통기한을 맞이했을 것이다. 그리고 결국 한국으로 돌아가는 비행기 표를 손에 쥐고 그녀에게 통보하였다.

"나 비행기 표 샀어."

"무슨 비행기 표? 어디 가?"

"집."

"집?"

"곧 한국으로 들어가."

"혼자? 같이 갈 줄 알았는데…."

"나도 그럴 줄 알았어."

잠시 다른 도시에 있던, 스페인 사람의 피가 섞인 필리핀 여자의 목소리는 전화기를 타고 가느다랗게 떨려 왔다. 나는 가슴속에서 복받쳐 오르는 모든 아쉬움을 애써 건조하게 환기시키기에 바빴다. 여자가 하는 말을 미리 외면하고자 했다.

헤어짐은 한순간에 찾아왔다. 모든 연인들에게 이별은 추운 겨울에 찾아오는 감기와도 같은 숙명이라는 것을 이번에도 어김없이 느끼게 되었다. 우리는 오래전부터 예견했다는 듯이 조금씩 멀어지고 있었고, 그런 감정은 메마른 섹스와 함께 매번 나에게 마지막 인사를 건네는 하루살이처럼 간절한 눈빛을 하고 있었다. 마치 바다의 석양이 저 멀리 수평선의 끝에서 작별 인사를 하는 것처럼 말이다.

연애는 늘 변화무쌍한 계절을 품는다. 만남은 언제나 설레고, 따뜻한 봄날의 나비처럼 다가오기 마련이다. 어느 순간 두 사람의 온도가 가장 뜨겁게 상승하는 순간이 찾아오기도 한다. 그리고 그 사랑의 열기는 냉장고에서 갓 꺼낸 아이스크림의 온도만큼 내려갔다가 이내 녹아 버리기도 한다. 싸늘한 바람이 불고, 예측할 수 없는 불안의 계절로 우리를 이끄는 것은 잔혹하지만 자명한 이치이다. 그러면 또다시 서툰 이별의 시간을 맞이할 수밖에 없는 것이다. 사랑하고, 이별하는 것이 한두 번이 아닌데도 그것은 매 순간 힘든 결정을 서로에게 요구하기 마련이다.

아름다운 이별은 정녕 존재하지 않는 것일까. 불합리한 기억의 편린들이 날카로운 바람으로 되돌아오는 섬의 푸른 여름밤도 선뜻 정답을 말하지 못하리라. 적도의 뜨거움 속에서도 그것은 예외일 리가 없다. 그리고 이제 나는 이방인의 심장에 작은 파장을 일으키는 빌 에반스의 연주곡을 통해 이 섬에서 한반도까지의 거리보다 더 떨어져 있음직한 과거의 감정선에 조금 가까이 다가갈 수 있는 것 같다.

그래서일까, 요즘 몇날 며칠 쏟아지는 빗줄기 때문에 밖으로 나갈 일이 거의 없던 나는 그의 연주곡을 들으며 그림도 그리고 방 정리도

하면서 집 안의 고양이들과 시간을 보내는 것이 어느새 버릇이 되었다. 친구를 만나는 일도 뜸해진 일상이 조금은 적응이 된 것 같다. 혼자 방 안에서 꼼지락거리며 작은 삽화들을 나열해 놓고, 스케치를 하고 색을 칠하는 일련의 행위들은 거의 기계적이다시피 숙련된 모양새다. 마카사르의 이방인인 나는 그렇게 과거를 강제 추억하며 이곳의 우기(雨期)와 친해지는 법을 배우고 있는 것인지도 모른다.

—

타국의 밤, 고국의 낮

그곳은 내가 오랜 기간 여행생활자로서 머무르고 있는 마카사르(Makassar)에서 버스로 꼬박 8시간 이상을 달려야만 당도할 수 있는 곳이다. 이 커다란 술라웨시섬에는 기차가 없는 탓에 좀 멀리 떨어진 도시에 가려면 반드시 버스나 비행기를 이용해야만 도시 간 이동이 가능하다. 야간 버스는 마카사르의 아스팔트를 지나는 동안 수십 번의 신호등을 통과하고, 높고 낮은 언덕과 울퉁불퉁한 비포장도로를 거침없이 내달린다. 덩달아 내 엉덩이도 기백 번 들썩인다.

그렇게 또라자(Toraja)로 가는 길은 험난하다. 또라자는 지형적으로 높은 산으로 둘러싸여 있고, 지대도 높아서 야간 버스를 타고 아침에 도착하면 한기를 느낄 수 있는 곳이다. 그런 그곳을 나는 벌써 세 번째

방문하였는데, 외국인 여행객이 많이 찾지 않는 데다 그것도 검은 머리 동아시아의 동양인이 또라자를 여행하는 일은 흔한 일이 아닌 탓에 거리에서 만나는 원주민들은 나를 중국인이나 일본인쯤으로 착각하여 '니하오' 또는 '아리가또'를 연발하며 환심을 사려는 사람들의 눈빛들과 마주하게 된다.

그리고 그중에 내가 한국인임을 알아차리는 사람이 나타나면 누군가 조용히 다가와서 "너, 혹시 개고기 먹어?"라고 물어보기도 하는 것이 참 수줍고, 구수한 산골 사람 냄새가 풍긴다. 무슬림이 대부분인 이 거대한 인도네시아에서 또라자는 몇 안 되는 가톨릭 교인들이 모여 사는 도시여서 그런지 그들은 돼지고기도 보란 듯이 팔고, 때론 개고기도 구워서 먹는다. 또 마카사르에서는 구하기 힘든 술도 이곳에서는 어디서나 쉽게 구해서 마실 수 있다. 아마 그런 식생활의 장점 때문에 내가 이곳을 여러 번 여행하는 것인지도 모르겠지만 그것이 전부는 아니다.

또라자를 둘러보면 주변에 논과 밭이 많다. 쌀이 주식인 인도네시아 사람들이기에 쌀농사는 이 나라 어느 지역에서나 필수적인 주력 산업이다. 한 해 이모작도 모자라다는 그들 국민들의 쌀 소비량을 봐도 알 수 있듯이 그들에게 쌀농사를 통해 얻는 하얀 쌀밥 한 그릇은 배고픔을 이겨 낼 수 있는 오늘의 희망이 되고, 그것을 팔아 경제적 이익을 얻어야 하는 내일의 마지노선인 것이다.

특히 매 끼니 넓은 접시에 고봉으로 밥을 담아 먹는 인도네시아 사람들의 밥상을 볼 때마다 하얀 쌀밥의 모양이 돌아가신 할아버지의 트레이드 마크였던 백발을 상기시킨다. 연세에 비해서 제법 장골이셨던 할아버지는 내가 아주 어릴 적부터 은은한 흰색을 머리에 얹고 계셨다. 마치 하얀 실 같은 머리카락을 거울 앞에서 가지런히 빗어 넘기시던 모습이 흡사 할리우드의 동양인 배우의 분위기가 풍겼다.

그런데 한국 사람도 밥심으로 산다고는 하지만 이제는 식습관이 서양식으로 많이 바뀌어 아침을 거르는 젊은 사람들도 많고, 빵이나 시리얼같이 간단하게 먹을 수 있는 식사를 택하는 사람들이 늘어났다. 멀리서 찾을 것도 없이 나부터도 서양식이 입맛에 잘 맞고 음식에 대한 향수병이 없는 탓에 한국식 식사를 고집할 필요가 없어 쌀밥을 그리 많이 먹지 않는다. 아마도 그 때문에 어느 나라에서건 음식 불평 없이 잘 먹고, 잘 뒹구는지도 모르겠지만 말이다. 그래도 여전히 한국인은 밥을 먹어야 힘이 난다는 어른들 말씀이 귓가에 맴돌 때가 있다.

그런데 또라자 땅에서 너그러이 익어 가는 논의 황금색 물결을 볼 때마다 고국의 시골 풍경도 오버랩 되곤 한다. 특히 어릴 적 추석 명절이 생각난다. 시골에서 살아 본 적은 없지만 으레 방학이나 조상들의 제사를 모셔야 하는 때가 되면 어김없이 조부모님이 계시는 시골로 가곤 하였다. 지금은 두 분 모두 돌아가셔서 벌써 몇 년째 찾지 않게 되었지만 아버지의 고향 충남 예산으로 고속버스를 타고 혹은 기차를 타고 내려가는 길에 지나던 창밖 풍경이 그리워지곤 한다. 천안과 조치원, 대전과 같은 도시를 지날 때 도심을 벗어나면 어김없이 나타나 그 곱디고운 황금 가루를 뿌려 놓은 듯 살그락, 사그락 소리를 내며 어린 나를 반기던 시골의 논과 밭이 그려진다.

그러고 보면 참 오랜 세월이 지났다. 지금은 KTX 열차가 지나가지만 내가 초등학교 시절만 해도 덜그럭, 달그락 무슨 재래식 기관총 소리를 내며 철로 위를 지나던 무궁화호 열차를 타고 꼬박 2시간을 달려야만 도착할 수 있었던 아버지의 고향은 맛스럽고 때깔 좋은 사과가 일품인 고장이었다.

조부모님이 여전히 살아 계시던 시절, 예산 읍내에서 버스를 타고 삼십 분 정도 달려 들어가면 더 오랜 옛날 아버지와 아버지의 형제들이 살았던 작은 시골 동네 송석리에 가곤 하였다. 마을 어귀 댐을 지나 저수지를 굽이쳐 돌면 아버지의 고향 어른들과 선후배, 삼촌들을 만날 수 있었다. 그 시절의 기억으론 송석리는 아주 깨끗한 마을이었다. 추석 무렵, 시냇물의 차가움도 마다하고 냇물 속 돌멩이를 들추면 조그만 민물가재와 송사리들이 눈앞에 가득하였다.

물놀이를 마치고 고조할아버지와 증조할아버지가 묻혀 계시는 산소를 찾아 산에 오르는 일은 어린 나에게 약간 곤혹스러웠던 기억으로 남아 있다. 지금 생각하면 아주 높지 않은 산이었지만 막내삼촌이 선두에 서서 억센 나뭇가지를 꺾어 가며 길을 만들면 그 뒤로 백발의 할아버지와 할아버지를 쏙 빼닮은 우리 아버지가 그 뒤를 따르고 나는 젖은 낙엽들 위로 사부작, 사부작 소리를 내며 뒤처지지 않으려고 무던 애를 썼었다.

그 아련한 기억 속 사람들 가운데 이미 할아버지의 모습은 지워지고 말았다. 그리고 언젠가 다른 누군가가 그 기억 속으로 들어올 것이고, 어떤 이는 똑같은 기억에서 지워지고 말 것이리라. 헉헉대며 산에 올랐던 시간은 어느새 강산이 두 번 변하고도 남을 세월을 앞질러서 이 먼 타국의 이질적인 열대우림 속으로 나를 인도하였다.

이제 인도네시아 사람들과 호흡하며 함께 여행할 날이 얼마나 남았는지 모르겠다. 그리고 언제쯤 다시 고국의 산과 들, 논과 밭 그 청록의 계절과 시원한 가을바람의 초대에 응할 수 있을지는 아직 알 수 없다. 그래서 더욱더 선명한 추억으로 치환되는 어릴 적 아버지의 고향이 할머니가 손자에게 주려고 부엌에 숨겨 놓았던 약과같은 달달한 그리움으로 사무치는 또라자의 밤이다.

그곳은 정말 행복한 곳이지요?

신(Shin) 때때로 다잉 따루(Daeng Tarru)

마카사르에 처음 와서 무용을 배울 무렵, 우리에게는 마마 움무(Mama Ummu)라는 무용 선생님이 계셨다. 우리는 그녀를 '바타라고와 마마'라고 불렀는데 그녀는 매우 늙고 힘이 없었으며, 연습 장소에 항상 휠체어에 의지하여 연주가인 그녀의 남편과 건장한 아들의 부축을 받으며 나타나곤 하였다.

그녀가 우리에게 3개월 동안 무용을 가르치면서 몸으로 가르쳐 준 것은 거의 없었다. 단지 그녀는 가끔 손끝의 모양새와 시선 처리에 대해서 잠시 원포인트(One-Point) 레슨을 해 준 것이 전부였다. 하지만 그런 그녀도 언제나 살아 있는 눈빛으로 우리의 연습 장면과 태도를 꼼꼼히 살피고 있었다.

나중에 알게 된 사실이지만 그녀가 휠체어에 의존하는 것은 몇 년 전 당한 교통사고 이후 한쪽 다리를 절단하게 되었고, 의족에 의지하여 걷거나 오랜 시간 서 있을 수 없었기 때문이라는 것을 듣게 되었다. 그럼에도 그녀는 그것을 부끄러워하지 않았다. 그녀는 이미 마카사르 예술위원회의 큰 어른이었고, 모든 젊은 전통 무용수들로부터 존경과 사랑을 받는 위치에 있었다.

사람들은 그녀의 전성기는 짧았지만 강렬했고, 아름다웠다고 설명해 주었다. 그녀의 춤사위를 실제로 볼 수 없는 것은 안타까웠지만 그렇게 유명한 분의 레슨을 받을 수 있다는 것에 여전히 깊은 감사함을 느끼고 있다. 그녀는 언제나 우리에게 친절했으며, 우리들 한 사람 한 사람에게 큰 애정을 쏟았다. 나는 그런 마음을 온몸으로 느끼고 있었다. 아마 지금까지도 다른 친구들 또한 그렇게 생각할 것이라고 확신한다.

바타라고와(Batara Gowa) 아트센터에서 우리의 무용 연습은 언제나 아침 10시부터 3시 정도까지 진행되었는데 매일매일 무더위와 싸웠던 우리로서는 힘든 연습 시간이었다. 아침 9시 반쯤 도착해서 평평한 시멘트 바닥에 빨간 카펫을 깔고, 주변을 정리하는 것으로 하루를 시작하였다. 닭 울음소리와 근처에 사는 아이들의 신기한 눈초리를 받으며 연습을 준비하였다.

그랬다. 바타라고와 아트센터는 평범하고, 작은 마을 속에 위치한 탁 트인 연습 장소였다. 별도의 차단막도 없었고, 문도 따로 있지 않았다. 그곳은 거기에 살고 있는 사람들과 그 주변을 지나는 사람들이 언제든지 오갈 수 있는 열린 장소였다. 얕은 담벼락과 문인지 입구인지 알 수 없는 공간을 사이에 두고 이웃들의 촘촘한 집들을 볼 수 있었다. 차를 넉넉히 주차할 수 있는 너른 공터가 있었는데 거기에서 동네 아이들이 흙먼지를 일으키며 닭을 쫓거나 공놀이를 하기도 하였다. 어릴 적 우리네 골목 풍경과 비슷하였다.

그리고 네 개의 나무 기둥이 지푸라기와 나무로 얼기설기 만들어진 삼각뿔 모양의 지붕을 떠받치고 있었다. 나무 기둥은 굵고, 단단했으며 우리가 오기 이미 오래전부터 긴 세월 비와 햇볕에 단련된 모양이었다. 사방에서 바람이 불어왔으며 가끔 비가 내리면 너나 할 것없이 무대 중앙으로 모여 굵은 빗방울을 피했다. 바닥은 두 개의 단으로 된 콘크리트로 되어 있었으며 아트센터의 기존 단원들이 수도 없이 연습한 탓에 표면은 빤질빤질하여 사람의 얼굴이 비칠 정도였다.

마을 사람들과 마마 움무의 수행비서는 우리를 위해 점심시간이 되면 맛있는 인도네시아 음식과 열대과일을 아낌없이 배달해 주었다. 나시 고렝과 바나나, 람부탄은 특히 인기가 많았다. 유럽과 동아시아에서 온 사람들은 싸고 신선한 열대과일의 매력에 흠뻑 빠졌다. 식탁 주변을 배회하는 고양이와 닭들도 함께 어울려 식사를 하였다. 생선 가시는 고양이에게 던져 주었고, 먹다 남은 쌀밥은 닭들의 차지였다. 아트센터 주변에 살고 있는 꼬마들은 언제나 우리들의 좋은 친구가 되었는데 인도네시아 말이 서툴렀던 우리들에게 아이들은 흔쾌히 어린 바하사(Bahasa : 인도네시아 말로 '언어'라는 뜻이다.) 선생님이 되어 주었다.

오후의 휴식 시간에도 마마 움무는 우리에게 동작 하나하나에 더 집중할 것을 이야기해 주었으며 동작과 동작을 연결하는 부분에 있어서의 자연스러움과 더불어 부드러움도 강조하였다. 그녀의 말투는 그녀가 머금은 세월의 흔적만큼이나 어눌해지고 느려져 있었지만 여전히 유려하고 자신감에 찬 영어로 우리 중 누구와도 스스럼없이 대화를 나누었고, 무용 공연에 대한 현실적인 조언을 아끼지 않았다.

그렇게 하루, 이틀, 일주일이 지나고, 마카사르 하늘의 보름달이 몇 번씩 뜨고 지기를 반복하는 동안 우리는 어느새 인도네시아 채널(Inchan) 공연을 위해 제2의 도시 수라바야로 떠날 준비를 하고 있었다. 바타라고와에서의 마지막 리허설이 끝나고 마마 움무는 우리를 모두 그녀 앞으로 불러 모았다. 그리고선 우리가 공연해야 할 작품 순서에 대해서 다시 한 번 상기시켜 주었으며 많이 틀리는 부분에 대해서도 음악과 함께 이야기해 주었다.

하지만 몸이 완전치 않은 그녀가 비행기를 타고 수라바야까지 동행하는 것은 애초부터 무리였다. 어쩔 수 없이 그녀는 마카사르에 남아 우리를 조용히 응원하기로 했다. 그리고 우리가 숙소로 돌아가 짐을 챙겨야 할 시간에 그녀는 마지막으로 우리에게 선물을 주었다. 그것은 다름 아닌 우리들 각자에게 인도네시아 이름을 하나씩 지어 준 것이었다.

그때 그녀가 선택한 나의 이름은 다잉 따루(Daeng Tarru)였다. '다잉'은 이름 앞에 놓이는 말로 우리 식으로 해석하면 누구누구 '씨(氏)' 같은 의미이다. 인도네시아의 다른 지역에서는 아직 결혼하지 않았거나 나이가 젊은 남자에게 '마스(Mas)'를 이름 앞에 붙이곤 하는데, 술라웨시에서는 '다잉(Daeng)'이 더 일반적으로 쓰인다. 뒤에 오는 '따루'는 인도네시아 말로 'Terus'라는 단어의 고대어로 그 뜻은 '똑바로, 직진하여, 올곧게 앞으로 나아간다.'라는 의미를 담고 있다.

그녀는 그동안 연습을 하고 대화를 나누며 그녀가 해석한 우리들의 개성과 성격을 인도네시아 말에 담아 개개인을 상징하는 이름으로 선물한 것이었다. 우리는 감동했고, 그중 감정 표현이 가장 확실하며 풍부한 프랑스 친구 브룬(Brune Chavine)은 그녀가 그곳에서 연습하며 흘렸던 땀방울보다 더 짜고 뜨거운 눈물을 흘렸다. 시그리(Sigrid)와 아인(Ahn)도 눈시울을 붉혔다.

지금도 나는 가끔 인도네시아 사람에게 나를 소개할 때 '다잉 따루'라고 내 이름을 밝히기도 한다. 사람들은 그 뜻을 물어보고는 고개를 끄덕이는데 그건 아마 현재 내 삶의 일부분이 어느 정도 그녀가 준 이름과 일치하기 때문일 것이다.

그로부터 몇 년이 흘러 나는 그녀의 부고를 브룬으로부터 접하게 되었다. 브룬은 당시 프로그램이 끝난 이후에도 마카사르에 남아 마마 움무와 함께 '파카레나(Pakarena)'라는 여성들을 위한 전통 춤을 공연하고 있었다. 그 춤은 매우 느리고 인터벌이 긴 춤인데, 처음 보는 사람은 아마 지루함을 느낄 것이다. 그러나 두 번 보고, 세 번 보면 평생 먹어도 질리지 않는 흰 쌀밥처럼 다시 곱씹게 만드는 춤사위가 일품이다. 브룬은 그 프로젝트를 마마 움무로부터 사사받았는데, 2014년 말경 그녀는 갑작스런 죽음을 맞이하였다.

그 이듬해 나는 족자카르타에서 생활하다가 마카사르에서 미술전시회 스케줄이 잡히면서 잠시 방문하게 되었는데, 그때 마침 브룬을 만났고, 그녀는 마마 움무의 소식을 전하며 시간이 괜찮다면 사후 40일 영결식(우리나라의 49제에 해당하는 의식이다.)에 참석해 줄 것을 요청하였다. 나는 흔쾌히 비행기 일정까지 뒤로 미루고 영결식에 참석하였다.

의식은 그녀가 살던 집에서 이루어졌다. 분위기는 우리의 장례식과 다를 바가 없었지만 사람들은 삼삼오오 모여 술 대신 뜨거운 커피와 떼(Teh : Tea)를 마시며 도란도란 이야기를 나누었다. 그 자리에서 예전의 친구들도 다시 만났는데 그들은 여전히 브룬과 나 그리고 나머지 친구들이 함께했던 '팀 마카사르'를 기억하고 있었다.

이제는 더 이상 마마 움무의 모습을 볼 수 없게 되었다. 나는 아직 마카사르에 있지만 그녀는 이제 이곳에 존재하지 않는 사람이 되었다. 그래도 여전히 나는 두툼한 그녀의 입술로 전해지던 또박또박한 영어 발음과 예전 공연을 위해 한국의 인천 공항에 잠시 머물렀을 때의 에피소드를 들려주던 그녀를 기억한다. 한국 사람인 나에게 우리 할머니 같은 따뜻한 미소와 온정도 많이 베풀어 주었다. 특히, 라마단 기간에는 우리 중 몇몇을 자신의 집으로 불러 식사를 대접하곤 하였다.

바타라고와를 떠나던 날 나는 인도네시아 전통염색기술로 만든 내 바틱(Batik) 그림을 그녀에게 선물한 적이 있었는데 그녀의 영결식에서 만난 가족들은 그녀가 끝까지 그것을 보관하고 있었다고 나에게 말해 주었다. 나는 그 마음이 고마웠고, 언제 다시 마주칠지 모를 이방인의 모습과 선물을 기억해 주었다는 것에 깊은 감사를 느꼈다.

그러고 보면 삶은 참 덧없다. 그녀의 영결식에 참석하는 동안에도 그녀의 죽음이 믿어지지 않았다. 대학 시절, 언젠가 병원 해부학실에서 몇 구씩 줄지어 밀려드는 카데바의 홍수를 경험한 나였지만 그녀의 죽음을 쉽게 받아들이고 싶지 않았다. 그래도 그것이 삶이었다. 죽지 않는 삶이 어디 있겠는가. 풀밭의 개미와 지렁이도 존재의 이유는 있겠으나 언젠가 숨이 다하는 것은 매한가지다. 그래도 어떤 방식으로든 그녀를 내 삶 속에서 기념하고 싶었다. 내가 만든 첫 바틱 작품을 그녀가 기억한 것처럼 말이다.

그 후, 다시 마카사르에 돌아와서 작품 활동과 여행으로 긴 시간을 보내는 동안 나는 한국 이름과 함께 '다잉 따루'라는 인도네시아 이름도 함께 혼합하여 팸플릿에 사용하였다. 외국을 돌아다니는 동안에 단 한 번도 별도의 유치하고 어색한 영어 이름을 만들지 않고, 그나마 외국인들이 발음하기 쉬운 내 한국 이름의 성(姓)만을 사용하였는데 이제는 작품을 발표할 때 그녀가 준 소중한 이름을 기억하고 싶어서 같이 사용하게 되었다. 그녀가 저 청명하고, 무덤덤한 하늘 공원에서 못다 한 자신의 마지막 춤을 신명나게 추기를 바라며 말이다.

내가 그 이름을 사용하는 한 그녀와 나의 인연은 시공간을 가로질러 계속 이어질 것만 같은 느낌이 든다. 마치 강 반대편 누군가의 말소리를 알아들을 순 없지만 끊임없는 대화를 시도하는 것처럼 말이다. 그녀가 저 먼 곳에서 정말 행복했으면 좋겠다. 그랬으면 좋겠다.

"마마 움무, 그곳은 진정 행복한 곳이지요?"

안과 밖

고양이들은 어느새 자기들끼리 오늘도 한 울타리 안에서 세상모르고 늘어지게 잠을 잔다. 어떤 놈들은 어지간히 사부작거리며 야무지고 깔끔하게 사료를 먹는다.

"무슨 일이야?"

어느 날 나는 덜커덩, 쿵쾅하며 전기 드릴 돌아가는 소리와 사샤샥 날카로운 쇠톱질 소리에 이끌려 거실로 나왔다. 그러자 1층 테라스 쪽에서 이맘(Imam Zulfikar)이 특유의 서글서글한 웃음을 지어 보이며,

"고양이 집을 다시 만들고 있어."

라고 나에게 말했다. 나와 절친한 인도네시아 친구이자 내가 머무르고 있는 집의 아들인 그는 그가 애지중지 아끼는 고양이들을 위한 커다랗고 안락한 집을 두 명의 인도네시아 인부들과 함께 만들고 있었다.

집 안의 고양이의 수는 벌써 모두 아홉 마리가 되었다. 중간에 태어나기가 무섭게 저세상으로 떠난 고양이들까지 살아 있었다면 아마 지금쯤 열다섯 마리 정도는 되었을 것이다. 그동안 고양이들은 이층집의 모든 방과 거실, 소파를 구석구석 누비고 다니며 여기저기에 오줌을 뿌려대고, '응아'를 하고 돌아다녔다. 그리고 가끔은 집안의 사람들, 그러니까 이맘과 이맘의 부모님 그리고 나와 놀아 주기도 하며 스탠딩 코미디언 같은 광대 행세를 했다. 때론 자기들이 아쉬울 때마다 가만히 다가와서 맨 살에 털을 부비며 갖은 아양을 떨곤 하였었다.

하지만 점점 집 안은 고양이털과 분비물이 이곳저곳에 범벅이 되어 소파에 앉을 수조차 없게 되었고, 나와 가정부는 항상 방향제를 뿌려가며 거실을 돌아다니기 일쑤였다. 급기야 집을 찾아오는 손님들을 접대할 수 있는 자리도 마땅치 않게 되자 이맘의 어머니는 그에게 사람을 붙여 거대한 고양이 집을 짓게 한 것이다.

사실 얼마 전까지도 큰 고양이 집이 하나 있었다. 하지만 고양이들이 맘대로 드나들 수 있었던 탓에 호기심이 많은 어린 고양이들은 집안 구석구석을 유랑하고 다녀서 고양이 집의 역할은 거의 무용지물에 가까웠다. 그들은 내가 쓰는 방을 제외하고 다른 모든 방을 제 방인 양 드나들며 영역 표시를 하고 무리 중의 가장 크고 힘센 수놈인 '파고(Fago : 강아지처럼 꼬리를 흔든다고 하여 붙여진 이름이다.)'는 제 놈 내킬 때마다 조강지처인 암컷 '부끄'(말 그대로 부끄럼이 많다고 하여 이름 붙여진 암고양이다.)를 제쳐 두고 다른 어린 암컷과 오입질을 하기도 하였다.

그놈은 부엌에서 쥐나 바퀴벌레만 마주쳐도 지레 겁을 한가득 집어먹고 도망 다니는 놈인데 역시 누가 사내 녀석 아니랄까 봐 '그 짓'을 할 때면 때와 장소를 가리지 않고, 사람들 시선에도 아랑곳 않는 거짓 상남자처럼 허세를 부렸다. 그럴 땐 영화 '어벤저스' 캐릭터인 캡틴 아메리카처럼 캡틴 '쿠칭'(Kucing : 인도네시아어로 '고양이'라는 뜻)의 위엄 있고 강단 있는 모습을 암컷들 앞에서 한껏 과시하였다.

하지만 이제 그 전보다 더 큰 고양이 집, 아니 종합격투기의 그것처럼 거대한 고양이 '우리(Cage)'라고 해야 할 만큼 크고 웅장한 펜트하우스를 갖게 된 것이다. 고양이들은 그곳에서 그들만의 언어와 행동으로 규칙을 만들며 새로운 보금자리에서의 적응을 이제 막 시작하였다. 집 밖을 맴돌던 그들은 이제 자신들의 집 안으로 들어가서 때때로 지루하지만 안락한 시간을 그곳에서 보내게 될 것이다.

그런데 반대로 나는 이미 집 밖을 한참 더 나온 것도 모자라 국경의 담벼락을 넘어 남풍을 타고 머나먼 남쪽으로, 남쪽으로 바닷길과 하늘길을 가로질러 내려와 있지 아니한가. 때론 겨울바람 송송 몰아치는 날씨에 집 안에 꽁꽁 숨어 김이 폴폴 나는 찐빵을 사다가 어머니와 조그만 조카들과 오순도순 모여 앉은 아늑함을 상상하곤 한다. 하지만 겨울의 낭만조차도 적도의 열기로 탈바꿈되어 버린 인도네시아의 어느 외딴 섬에서 맞이하는 하루하루는 고양이들이 맛본 울타리 밖의 자유와 일탈을 넘나드는 위태로움과 마주할 때가 많다.

옛 어른들 말씀에 집 나가면 고생이라고는 하지만 누구나 언제까지고 집 '안'에서 안주할 수는 없는 노릇이다. 집 밖, 아니 국경 너머의 다른 세계와 손을 잡고, 삶의 울타리를 넓혀 가야 하는 것이 자유라는 책임을 짊어진 사람들의 무겁고도 무서운 책무가 아닌가 생각한다.

나와 함께 살고 있는 집고양이들은 대문 밖을 나가 본 일이 거의 없다. 친구인 이맘이 그들을 엄격하게 통제하거니와 집고양이들은 거칠고 험악한 길고양이가 일본만큼이나 많은 인도네시아의 어두운 골목길을 홀로 다녀 본 적이 없다. 그 야생의 세계에서 아마 살아남지 못할지도 모른다. 그래서 그들은 오로지 커다란 고양이 집과 이층집 내부에서만 아마도 거의 대부분의 시간을 보내게 될 것이다.

하지만 선을 넘어 보지 못한 존재는 그 너머의 무언가를 발견하지 못한 채 영원히 알지 못할 것이다. 그것은 인간도 동물도 마찬가지 아니겠는가. 하물며 인간은 더 많은 간접경험과 직접경험에서 지혜와 지식을 얻어 긴 인생을 버텨 내야 하는 존재이므로 대문 밖 다른 모습과 생각을 한 사람들과도 스스럼없고, 용기 있게 마주 봐야 하지 않을까.

우리 집 고양이들은 아늑하고 안전한 집을 가졌다. 그에 비해 나는 이 땅과 고국에 아무것도 가진 것이 없다. 어찌 보면 고양이도 가지고 있는 집 한 채, 하다못해 비를 피할 지붕의 끝자락조차도 없는 나는 인도네시아 고양이보다 못한 존재일지도 모른다. 하지만 나는 언제고 어디든 갈 수 있는 무한의 자유와 용기를 가졌다고 생각한다. 그 무한대의 비정형, 비물질의 요소들은 내가 집 밖으로 나설 때마다 나를 이 도시의 바람, 저 나라의 태양과 만나는 새로움이라는 긍정의 주홍글씨를 인생의 선물로 가져다줄 것이라고 믿는다. 아마도 그래서 여태껏 고국을 저만치 떠나 이 섬이 주는 순수를 수집하고 있는 것인지도 모른다.

자유의 짐을 짊어지고서

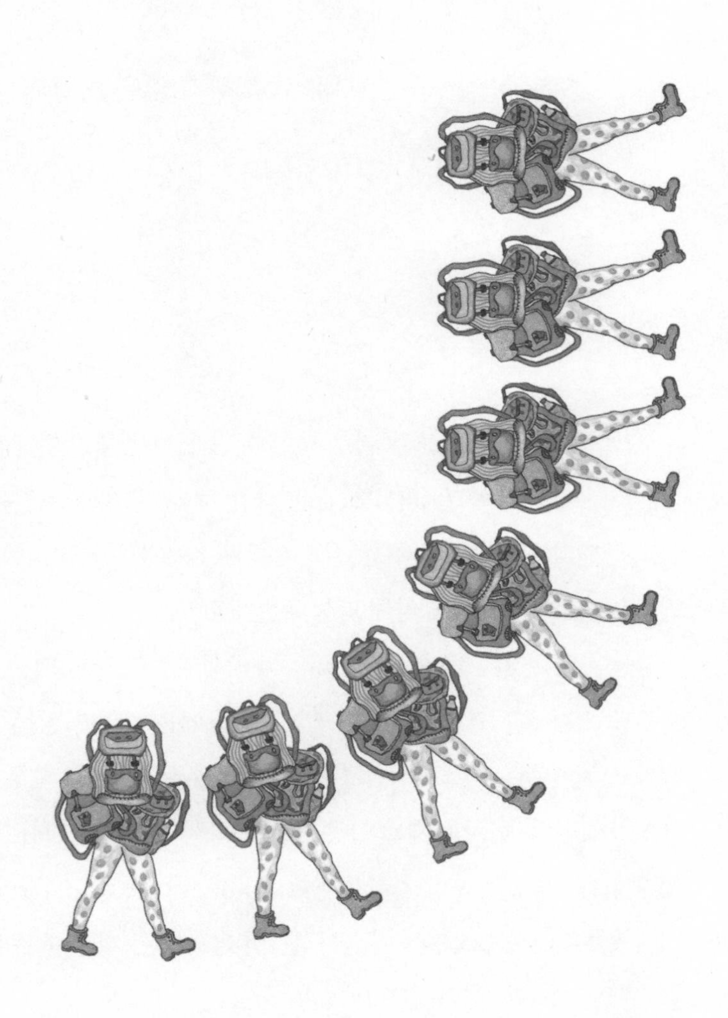

부유(浮遊)하는, 부유(富有)하지 않은 여행

시간이 지나고 나면 모든 것은 일상이 된다. 아침에 일어나서 양치를 하고, 세수를 하고, 머리를 감은 다음 헤어드라이기로 젖은 머리카락을 말리고 나면 주섬주섬 손에 잡히는 옷을 꺼내 입고, 오토바이 헬멧을 챙기며 열대의 태양에 맞설 준비를 한다.

일상이라는 것은 삶이라는 긴 굴곡과 풍파와는 다르게 때론 그렇게 너무도 평범하고 쉽게 완성되기도 한다. 삶에는 보이지 않는 패턴이 생기고, 운동선수의 그것처럼 스스로 정해 놓은 루틴대로 하루하루를 움직이게 된다. 마치 이제는 야구카드 속 화석처럼 굳어 버린 미국 메이저리그의 명선수 노마 가르시아 파라(Nomar Garciaparra)가 했던 타석에서의 요란하고 복잡하지만 자신만이 알고 있는 확실한 준비 동작처럼 말이다.

그 때문인지 어느 순간 왼쪽 차선에 익숙해져서 가던 길로만 다니고, 가 본 커피숍에서만 커피를 마신다. 그 덕분에 단골손님이 되어 따로 주문을 할 필요가 없는 편리함도 저절로 따라온다. 또 먹어 본 로컬 레스토랑만 찾게 되고, 소수의 로컬 친구들만 만나게 된다. 삶은 그렇게 익숙하고 편안한 시간들로 인테리어 된다.

그러다 흠칫 남몰래 이상한 '짓', 다른 '짓'을 하게 되면 사람들은 그것을 '일탈'이라는 이름으로 바꾸어 부르게 된다. 가령, 싱그러운 봄바람에 취해 잠시 눈을 감고 페달을 밟는 것이기도 하고, 고교 시절 자습시간을 과감하게 '째고' 유유히 학교 정문을 농락하듯 빠져나가는 질풍노도(疾風怒濤)의 학생과도 같다. 여기 마카사르의 거리에서 일탈은 매번 반복되는 생활이고 그래서 이제 더 이상 일탈이라고 부를 수 없는 일상이라는 모퉁이의 깨어진 조각이 되어 여행 속 거대한 퍼즐에서 빼놓을 수 없는 중요한 부분이 된다.

한 도시에서 700일이 넘는 시간을 여행하는 것은 그만큼의 깊고, 긴 폐활량이 필요한 일이다. 동시에 뜨겁게 뱉고 마시는 날숨과 들숨을 동력 삼아 적절한 보폭과 생활의 반경을 유지해야 하는 일이다. 상대방과의 적당한 거리 간격은 물론이거니와 나와 도시 사이를 이어 주던 설렘의 교집합이 사라지고 난 이후의 자리를 메꿔 주는 지난날의 오래된 추억과 기억의 저장소를 환기시켜야 하는 일이다.

제법 덩치가 큰 이 술라웨시섬의 처지만큼이나 인생이라는 현실과 관념의 바다 위를 부유하는 여행생활자의 배낭은 여전히 물질적 부유함과는 한참 떨어진 채로 여름의 도시를 뚜벅뚜벅 헤맨다. 다행히 무언가를 더하고 수집해야만 하는 자본의 시대에서 유일하게 물질의 욕망과 시간의 탐욕을 빼고 덜어 내는 것이 더 이로운 여행자의 배낭은 오히려 짓눌린 어깨의 책임을 가볍게 해 준다. 그 대신 사이사이 공간의 빈자리를 가득 채우는 자유의 무게는 그것 자체로 슬기로움과 용맹함을 상징하는 메달을 스스로에게 선사한다.

언젠가 여행의 끝은 고향 땅 가을 하늘에 찍힌 작고 하얀 구름처럼 공기 중에 산화될 것이다. 마치 기억나지 않는 무수한 라디오 사연처럼 잊히리라. 그리고 피아노 악보 위에 표시된 도돌이표처럼 반복되는 부메랑이 되어 돌아올 것이다. 어느새 길게 늘어진 여행은 시작점의 예리함을 잃은 장수의 무뎌진 칼날과도 같다. 어쩌면 초점을 잃은 격투기 선수의 동공처럼 낡은 일상의 편린 속으로 자취를 감추고 만다. 그리고 여행은 그 단어 그대로 유목하는 일상의 텅 빈 공책 속 무취로 남는다.

—

천 번의 낮과 밤 그리고 마따하리

『태양은 인간의 거짓됨을 안다. 아주 오래전부터 행해진 혀의 거짓을 말이다. 그리고 그 이면에 화려함으로 치장된 언어의 껍데기도 잘 알고 있을 테지. 이제 다시 밝은 오후가 되리라. 그 광대한 빛이 바다와 도시를 비추고, 지혜를 낳고, 한 번도 맞이한 적 없는 사랑의 참됨을 말하게 되리라. 새벽을 생략한 오후가 태어나는 시간, 그 이전의 시간은 새까만 주검으로 남아 있을 것이다. 부재하는 운명의 시간이다. 작은 속삭임으로도 말할 수 없는 성스러운 시간이다. 축배의 시간이며, 고해의 시간이다. 다시 어린 물소의 탄생과 죽음으로 얼룩진 오후가 반복된다. 그러나 그것은 길지 않은 행복, 고달프고 괴로운 삶의 장벽, 여름비의 쓸쓸함, 거역할 수 없는 선택의 찰나, 더 이상 돌아갈 수 없는 진지한 표정의 일그러짐이다. 세상에 존재하는 모든 표현들이 헛되이 사라지고 또 추락하는 방랑의 시간들이 표류를 멈추면 누군가 태양의 말들을 해석하리라. 미물의 죽음을 애도하는 시간이 곧 다가오리라.』

용광로의 온도로 가득 찬 나라 인도네시아와 인연을 맺은 지도 긴 시간이 흘렀다. 시간은 결국 앞으로만 간다는 것을 극명히 말해 주는 것 같다. 그렇게 매일의 먼지가 쌓이듯 내가 인도네시아라는 나라와 함께한 지도 벌써 천 일이 되었다. 여행생활자로서 보낸 약 삼 년간의 이방인 생활은 여러모로 의미가 크다.

그래서 그 시기에 맞추어 여행을 떠나기로 마음먹었다. 버스표와 숙소를 일사천리로 예약하고, 나는 결국 마카사르에서 밤 열 시에 출발하는 또라자행 야간버스를 탔다. 또라자(Tana Toraja)는 지난 두 번의 여행을 통해 익숙한 도시이기도 하거니와 이번에는 아무렇게나 헝클어진 긴 머리만큼이나 복잡하게 어질러진 머릿속을 정리할 요량으로 최소한의 짐만 챙겨 길을 떠났다. 내가 타려고 했던 버스 한 대의 운행이 취소되어 나머지 승객들은 다른 두 대의 버스에 옮겨 타야 하는 행정적 번거로움이 있었지만 오랜만에 떠나는 긴 버스 여행의 설렘을 막지는 못했다.

네온사인으로 가득한 검붉은 도시의 어둠을 헤치고 또라자로 향했다. 갈수록 길은 안 좋아졌고 버스의 둔탁한 떨림을 온몸으로 느껴야만 했다. 까마득한 어둠 속에서 옅은 가로등 불빛만이 버스에 탄 여행자들을 목적지로 인도하였다. 사람들은 이내 잠이 들었고 내 옆에 앉은 젊은 남자도 의자를 한껏 뒤로 젖힌 채 코를 골며 잠을 잤다. 나는 반수면 상태에 놓여 있었다. 오랜만에 타는 또라자 버스는 그리 불편하지도 아주 편하지도 않은 상태로 장장 아홉 시간을 내달려 그곳에 도착했다.

또라자 남부에 속하는 작은 도시 마깔레(Makale)에서 몇 차례 정차하여 사람들을 내려 주고 대부분의 주민들과 관광객들이 밀집해 있는 북부의 란테파오(Rantepao)에 도착했다. 예상대로 관광객들을 상대로 호객 행위를 하려는 벤또르 운전사들과 관광가이드들이 버스가 정차하기 무섭게 미명을 깨우는 좀비들처럼 몰려들었다. 대부분의 주민들이 관광업에 종사하는 또라자의 특성상 그런 풍경은 절대적이고 필연적인 것이라서 밀려오는 피곤과 그들의 질문에 일일이 대답할 여력조차 없는 짜증이 밀려왔지만 한적한 도시의 찬 공기는 그런 불필요한 것들까지도 너그럽게 포용하며 지친 나를 깨웠다.

호객꾼들 틈을 헤집고 나와서 이른 아침 카페를 찾으려고 했는데 문을 연 곳이 없었다. 한 남자가 슬며시 접근하여 모닝커피를 마시고 싶냐고 물어보길래 그렇다고 하였더니 리미코(Rimiko) 카페를 추천하였다. 필시 그들 사이에는 모종의 커넥션이 있으리라 생각했다. 하지만 선택권이 없는 나는 문 닫힌 상점 거리를 지나 그를 따라갈 수밖에 없었다.

그의 말대로 카페는 이제 막 문을 연 상태였다. 종업원들이 밖에 놓인 테이블을 열심히 닦으며 의자에 있는 먼지를 털고 있었다. 나는 안에 들어가 또라자 커피와 치즈 팬케이크를 주문하고 밖에 있는 테이블에 앉았다. 인도네시아의 대부분의 상점이 그렇듯 사람이 많이 없는 시간에는 빈약한 전력을 절약하기 위해 상점 내부의 불을 꺼 놓고 장사를 하기 때문에 어두운 곳에서 커피를 마시고 싶지 않았던 것이다.

그도 어디선가 커피를 한 잔 들고 나타나서 내 테이블에 합석하여 말동무가 되어 주었다. 이내 근처 마을에서 어떤 행사가 있는지 난데없이 간단한 브리핑을 하더니 트레킹을 하지 않겠느냐며 권하였지만 지난번 이곳을 다녀갔을 때, 그들의 독특한 장례문화와 대부분의 무덤 그리고 그들이 자랑하는 유명한 코스의 자연 경관을 이미 둘러봤기에 그의 제안에 큰 매력을 느끼지 못했다. 나는 완곡히 거절하고 연거푸 진한 또라자 커피를 마셨다. 간밤에 버스에서 몽롱했던 기분이 커피의 쓴맛을 알아차린 때문인지 정신이 조금 또렷해지는 느낌이었다.

뒤이어 내가 주문한 치즈 팬케이크가 테이블에 놓였는데, 가격에 비해 무성의하고 부실한 모양새에 적잖이 실망하였다. 얼른 한 조각 잘라 맛을 보니 문뜩 예전에 피손 호텔(Pison Hotel)에서 먹었던 두툼하고, 신선하며, 따뜻했던 팬케이크에 대한 그리움이 절로 밀려오기에 충분한 아주 파렴치한 상술에 지나지 않음을 자각하였다. 하지만 공복의 나는 그 팬케이크를 커피와 함께 다 먹을 수밖에 없었다. 먹으면 먹을수록 그것은 마치 얇은 스티로폼을 씹는 것 같은 불쾌함을 입안 가득 전해 주었다.

의도치 않게 불량한 식사를 마치고, 자신을 누뗄(Nuthel)이라고 소개한 관광가이드의 오토바이를 타고 내가 예약한 홈스테이로 갔다. 알로따 홈스테이는 시내 중심지에서 약 6킬로미터 떨어진 곳으로 주변의 자연환경과 잘 어우러진 곳에 위치해 있었다. 주변의 분위기는 정신적인 것이든 물질적인 것이든 뭔가에 집중하기 좋은 환경처럼 느껴졌다. 나는 내가 묵을 방이 정돈될 때까지 사무실 앞에서 또다시 또라자 커피 한 잔과 노릇노릇 갓 튀겨진 피상고렝(Pisang Goreng : 바나나 튀김)을 먹으며 기다렸다.

나보다 먼저 여행을 시작한 폴란드 출신의 안나(Anna)와 프랑스 사람 마티유(Mathieu)를 만나 잠시 이야기를 나누고 그들이 점심을 먹을 때쯤 나는 별로 배가 고프지 않아 다 정리된 방으로 갔다. 또라자의 전통 가옥인 통꼬난(Tongkonan)의 맨 꼭대기 층에 마련된 방은 넓고, 쾌적했다. 깨끗한 매트리스와 그 위에 베개와 두터운 담요도 함께 있었다. 화장실이 아래층 바깥에 있는 것을 제외하곤 모든 것이 다 괜찮았다.

이틀 밤을 지낼 통꼬난은 원래 쌀을 보관하던 보관창고와 원주민들이 거주하는 집으로 구분되어 있다. 집안의 장례가 있을 땐 망자의 시신을 6개월에서 1년 넘게 생활공간에 보관하기도 한다. 뿔처럼 양옆으로 솟은 지붕 모양이 독특하여 여행자들의 시선을 강렬하게 사로잡는 건축적 외형은 또라자를 대표하는 하나의 상징이자 관광 상품이라고 할 수 있다. 지붕은 짐승의 뿔 모양 같기도 하고 보트를 엎어 놓은 모습으로도 보이는데 그것은 오래전 배를 타고 와서 이곳으로 정착했다는 선조들의 역사를 말해 주고 있다. 사실 짐작컨대, 이곳의 유명한 끄르바우(Kerbau : 전통 물소)의 거대한 뿔 모양을 모티브로 지어진 것인 줄로 생각했는데, 또라자 선조들의 유랑과 정착의 역사와 그 접점이 닿아 있었다는 사실을 알게 되어 새삼 새로웠다.

밀려오는 피곤함에 한 구의 시체처럼 몸을 가만히 바닥에 눕혔다. 진한 나무 냄새가 스멀스멀 올라와 후각을 자극했다. 마룻바닥은 나에게 낙원과도 같았다. 어머니의 품처럼 오래되고 고즈넉한 분위기가 초라한 내 외투를 감쌌다. 공간을 환히 밝히지 못하는 연약한 램프가 말해 주는 산골의 불편한 결함조차도 그 느낌을 해하지 못했다.

양옆으로 난 작은 창문으로 날파리와 곤충들이 기를 쓰고 안으로 들어오려고 하는 모습이 보였다. 몇몇 용감한 놈들은 투명한 유리로 돌진하여 그 작은 몸이 부서져라 부딪히는 행위를 반복하였다. 지금 나의 모습도 그것과 다르지 않아 보였다. 사람은 누구나 잡힐 듯 잡히지 않는 희망을 향해 나아가는 존재가 아니던가. 그리고 현재의 당위성과 물질적 풍요가 아닌 존재의 이유와 그것을 상쇄하는 무모함을 필두로 인생의 높은 파도를 거침없이 타고 넘는 것이라고 생각한다.

어쩌면 우리네 인생에는 수만 가지의 바람과 파도가 있을 것이다. 이따금 다양한 크기의 파도가 시간의 벽을 타고 넘어와 때론 적당한 시련을 주기도 하고, 때론 평온한 풍경을 선사하기도 할 것이다. 여행도 인생의 작은 부분이어서 예기치 못한 상황 속에 가끔은 나를 낮춰야 하고, 존재의 거추장스러움을 걷어내야 할 때도 있다. 하지만 아무리 작은 인생이라도 그 모양이나 크기가 작다고 하여 하찮거나 무가치한 것은 없다. 우리는 모두 소중한 사람이므로. 그렇게 조금은 위험하고, 외로운 줄타기가 계속되다 보면 본연의 나를 찾을 수 있으리라.

지난날 천 번의 불안과 불면의 나날들이 방 안의 희미한 램프 속으로 빠르게 빨려 들어갔다. 창밖에서는 여전히 내일이 없는 것처럼 저들의 삶을 뜨겁게 불사르는 또라자 숲의 날파리와 곤충들이 사투를

벌이고 있었다. 나는 그런 모습을 바라보며 오늘도 타국에서 삶을 배우고, 짧은 여행의 밤을 마무리한다.

이제 나를 어디로 데려다 줄거야?

—

우리는 불루꿈바로 간다

"오빠, 우리 가족들이랑 비라(Bira)에 갈 거예요. 혹시 같이 갈 수 있어요?"

어느 날, 헤스티(Hesty)가 문자를 보내왔다.

"비라? 아마 갈 수 있을 거야."

나는 대답했다.

"그런데 오빠, 이틀 밤 자고 올 건데 괜찮아요?"

불루꿈바(Bulukumba Regency)라는 지역에 속한 비라 비치(Bira Beach)는 남부 술라웨시를 대표하는 아름다운 해변으로 알려져 있는 곳이었다. 주변에서 익히 들어 알고 있었지만 그동안 바쁘다는 핑계로

가 보지 못한 곳이었다. 그녀가 조심스럽게 물어왔지만 사실 두 달 전쯤 개인 작품 전시회를 끝낸 후로 한동안 그림을 그리지 못하고 무료해하던 차에 기분 전환도 하고, 새로운 작업에 대한 모티브도 얻을 수 있는 좋은 기회라고 생각했다. 나는 곧이어, "응, 나는 괜찮아요."라고 짧은 답장을 보냈다.

그렇게 우리의 짧은 여행이 시작된 셈이었다. 사실 그 여행은 헤스티의 생일을 겸해서 그녀 가족들과 함께하는 여행이었다. 그래서 우리는 총 4대의 차량에 나누어 타고 우리가 살고 있는 마카사르에서 동남쪽으로 4시간여 떨어진 거리에 있는 불루꿈바의 비라 비치(Bira Beach)로 여행을 가게 된 것이다.

헤스티는 사실 내 친구인 데아의 사촌이다. 한국 문화와 드라마를 좋아하는 그녀는 한국인을 만나기 힘든 마카사르에서 나의 존재를 알고 먼저 식사 초대를 해 왔다. 그래서 몇 번 같이 중국계 인도네시아인이 운영하는 한국 식당에서 식사를 하면서 소주도 몇 잔 기울일 수 있는 친구가 되었다. 나보다 나이는 어리지만 세 명의 어린 아이들을 돌보고 있는 싱글맘이기도 한 그녀는 언제나 당당하고, 옷을 세련되게 잘 입고, 그녀의 가족들 사이에서 추진력 있는 모습을 보이기도 한다.

불루꿈바로 가는 길은 우리에게 녹록지 않았다. 험하진 않았지만 구글맵을 검색하여 길을 찾아가다가 도중에 두 번이나 길을 잘못 들어서 수정된 길로 갈 수밖에 없는 생각보다 힘든 여정이었다. 그래도 거리의 풍경은 아름다웠다. 낮은 구릉과 평지가 넓게 펼쳐진 제네뽄또(Jeneponto)라는 중간도시를 지나는 동안 길가에는 잎사귀가 커다란 열대나무들이 나란히 줄을 지어 서 있었다. 우리나라처럼 쌀을 주식으로 하는 나라답게 광활한 논밭도 눈에 들어왔다. 곧이어 점점 바다와 가까워질수록 소금을 만드는 염전지대가 보이기 시작했다. 생각보다 짠 내음은 강하지 않았다.

세 명의 아이들은 나와 동승을 하였는데 나는 아이들과 군것질을 나누어 먹고, 한국말과 영어도 가르쳐 주면서 가는 내내 최대한 지루하지 않게 목적지까지 가고자 노력하였다. 아침에 서둘러서 꽤 이른 시간에 출발하였는데도 워낙 많은 가족들이 움직이고 그러는 사이 이런저런 시간이 낭비되다 보니 오후 4시가 되어서야 겨우 비라에 도착할 수 있었다.

헤스티가 예약한 호텔에 짐을 풀고 지척의 바다로 나가 대꾸 없이 수평선 너머로 침몰하는 석양을 보러 나갔다. 하늘에 흩뿌려진 석양은 순교자의 피만큼이나 붉고, 숭고한 매력을 뽐냈다. 그 석양의 주황색과 어우러진 바다색도 '아름답다'라는 흔한 말로밖에 포장할 수 없을 만큼 그 자체로 아름다웠다. 예전엔 그런 흔한 언어들이 이미 '죽은' 언어라고 생각했는데 결국 그런 평범한 언어들이 가장 사람의 감정을 잘 표현하는 말이라고 생각하게 되었다.

비라 비치는 과연 듣던 대로였다. 백설탕처럼 곱고, 하얀 모래밭과 그 바다와 맞닿는 부분에 출렁이는 바닷가의 교집합은 형용할 수 없는 맑고 새침한 에메랄드 색깔을 하고서 나의 발목 사이로 다가왔다가 멀어지기를 반복하였다. 그 물결의 모습은 마치 이제 시작하는 연인들의 귀여운 밀당처럼 보였다. 사랑하면서도 그 마음을 애써 숨기지만 결국 다 보여 줄 것임을 암시하는 것 같았다. 여기서 머무는 짧은 날들 동안 최대한 불루꿈바의 민낯을 보고 싶었다.

다음 날 우리는 작은 보트를 나누어 타고 한없이 맑고 투명한 비라의 바다로 나갔다. 멀지 않은 반대편 섬으로 가서 스노클링을 하기 위해서였다. 모두가 구명조끼를 입고 그리 크지 않은 자연수조 속으로 들어가 물속에 몸을 담갔다. 나는 수영을 잘하지 못하지만 구명조끼가 있어서 별 어려움이 없었다.

헤스티의 아이들은 깊은 물이 무서운지 비명을 지르고 나를 한국말로 '오빠'라고 부르며 떨어지지 않으려고 했다. 그 모습이 재미있었다. 어린아이들에게 두려움이라는 것이, 이미 나에게는 아득한 단어가 되어 버렸기에 거대하고 경이로운 자연의 품에서 '두려움'이라는 단어가 가져다주는 의미를 다시 상기시켜 주었다.

첫째 딸 셉티(Septi)는 물속에서 헤엄을 잘 쳤다. 평소에도 그녀는 두려움이 없고 뭐든지 시도하고 싶어 한다. 그녀는 나에게 영어를 잘하고 싶다고 하면서도 영어는 기독교인만 잘할 수 있다는 편견을 갖고 있는 듯했다. 나는 무슬림 가족의 구성원인 그녀에게 영어는 누구나 할 수 있고, 너도 열심히 공부하면 외국인과 영어로 말하고 대화할 수 있다고 용기를 주었다. 그 아이의 수줍은 미소가 아름다웠다.

콘크리트 수조 속에는 바다거북이 한 마리가 우리와 함께 있었는데 아이 어른 할 것 없이 묵묵히 물속을 유영하는 그놈을 보고 소스라치게 놀라며 소리를 질러댔다. 아마 모르긴 몰라도 그놈 또한 사람들의 목소리에 적잖이 놀랐을 것이라고 생각한다. 하지만 시간이 지나며 아이들도 어른들도 녀석의 단단한 등껍질을 잡고 함께 헤엄을 치고 빼꼼히 내민 민머리를 쓰다듬을 정도로 가까워졌다.

헤스티는 나에게 스노클링에 필요한 수경과 숨을 내쉬는 'ㄴ'자로 된 플라스틱 파이프를 건네주었다. 그녀는 물속에서 꽤 편안해 보였다. 덕분에 바다에서 그녀의 아이들을 돌보는 건 은근슬쩍 내 차지가 되었다. 나는 아이들의 손을 잡아 주고 안아 주었다. 특히 겁이 많고 나를 잘 따르는 호기심 많은 둘째 아이 푸트리(Putri)의 수경과 파이프를 체크해 주고 구명조끼를 꼭 맞게 입혔다. 그리고서 우리는 모두 물 안으로 '철푸덕' 소리를 내며 들어갔다.

한국에서는 바다에 갈 일이 별로 없었고, 서울에서 나고 자라다 보니 도시의 발전과 더불어 건물의 터질 듯한 팽창과 사막화로 이루어진 '서울 공화국'의 틀 속에서 살았던 나는 나이가 들수록 온전히 자연 그 자체와 호흡하는 날이 줄어들었던 것이 사실이었다. 하지만 비라 비치의 바다는 그러한 나의 마음을 편안히 어루만져 주었고, 차가운 물과 뜨거운 태양으로 나에게 적절한 이완을 선물해 주었다.

수경을 쓰고 본 바닷속 풍광은 정말 아름다웠다. 훼손되지 않은 자연과 열대지방 특유의 형형색색 수초들이 나의 눈을 사로잡았다. 작은 열대어들이 방향을 이리저리 자유로이 바꿔 가며 헤엄치는 것이 눈에 선명했다. 물 밑 바위의 모양도 각양각색이었다. 자연이 빚어 놓은 독특하고 기괴한 모양의 바위들은 그 어느 유명 미술관의 조각 작품보다도 자유로운 형태와 선을 가지고 있었다.

수면 아래의 세상은 정말 다른 세상 같았다. 수면 밖의 풍광도 멋있고 상큼한 여대생의 찰랑이는 머릿결처럼 아름답다고 생각했는데, 그 아래는 텔레비전에서만 보던 장면을 직접 보게 되니 정말이지 더할 나위 없이 황홀한 기분이었다. 구명조끼에 의지하여 이리저리 떠다니는 나의 육체가 이 드넓은 바다에서는 가장 볼품없고, 수동적인 물건처럼 느껴졌다. 아이들은 바다에서 깔깔대며 웃었다. 헤스티와 그녀의 친척들이 저만치서 손짓하며 더 깊은 곳을 가리켰다.

발이 닿지 않는 바다는 두려움 그 자체다. 하지만 두려움을 이겨 내고 온몸을 감싸는 실크처럼 부드러운 물결과 하나가 된다면 세상에서 가장 가깝고, 안전한 친구가 될 수 있을 것이라는 믿음이 생겼다. 그것은 자연 그 자체에 대한 인정인 동시에 두려움을 넘어서기 위한 자기 최면일 것이다. 나는 그렇게 불루꿈바의 바다에 점점 매료되어 갔다. 바닷속은 고요했다. 미명 속 여전한 어둠처럼 바람 소리 한 점 없이 조용했다. 열대어의 작은 입들이 빼끔거릴 때마다 생겨나는 물거품이 오히려 성가시게 느껴질 정도였다.

거대한 바다는 마치 태아기적 어머니의 양수처럼 편안했다. 수면 아래는 수면 밖만큼이나 매력적인 자연을 보여 주고 있었다. 그 속을 바라보며 이곳에서의 나름의 청사진이 그려지는 듯했다. 곧 다시 마카사르로 돌아가야 할 시간이 되었다. 더불어 우리 여행의 유효기간은 점점 줄어들었지만 불루꿈바의 너른 바다가 보여 준 청록의 빛깔은 예술사의 그 어떤 회화 작품보다 아름다웠다.

그런데 문득 나는 한동안 놓고 있던 붓을 잡고 싶어졌다. 그리고 이 아름다운 풍광을 그려 보고픈 욕망이 일었다. 자연의 색에 도전해 보고자 하는 열정이 생겨났다. 또 다른 도전이 시작된 셈이다. 저만치 해변에서 헤스티가 웃으며 손짓하고 있었다. 어느새 하얀 해변에는 낭만 가득한 어둠이 하염없이 부서지고 있었다.

어떤 희생

적도의 우기(雨期)는 정말 종잡을 수가 없다. 보통 11월에 시작하여 이듬해 3월까지 세찬 비가 내리고, 하늘을 찢을 듯한 천둥과 번개가 하루가 멀다 하고 계속되는 인도네시아의 우기는 건기의 뜨거움만큼이나 이방인에게 견디기 힘든 침묵을 강요한다. 최근엔 나흘 정도 용광로보다 뜨거운 태양으로 도시를 달구다가도 그다음 사흘 정도는 뇌우를 동반한 폭우가 쏟아지기를 반복하고 있다.

오늘 밤도 역시나 정전으로 도시는 암흑으로 변했다. 자체 발전기를 가지고 있는 몇몇 큰 쇼핑센터와 정부기관 건물들을 제외하고 대부분의 일반 주택과 작은 루코가게(Ruko : Rumah Toko의 준말로 '루마'는 인도네시아어로 '집'을 의미하고, '토코'는 '가게, 상점'등을 의미한다. 루코는 보통 2층짜리 건물에 1층은 가게를 운영하고, 2층은 가게 주인이 사는 것을 일컫는다. 일반적인 인도네시아 특히 마카사르의 상점들은 루코의 형태로 운영되는 곳이 많다.)들은 정전을 피할 수 없다.

가뜩이나 우기의 절정으로 접어든 열대기후 때문에 정전은 앞으로도 더 잦아질 것이다. 아직까지도 전력이 충분하지 못한 곳이 많은 인도네시아 대부분의 도시들은 아주 뜨거운 건기와 폭우가 쏟아지는 우기에 정전이 자주 일어난다. 몇 년 전 족자카르타에서 1년을 지낼 때도 정전은 늘 있는 일이었다. 마치 사춘기 시절 자고 일어나면 모공을 비집고 나와 있던 여드름처럼 항상 예상했던 현상 말이다.

여기 마카사르도 다르지 않다. 나는 반사적으로 집 안의 양초를 찾았다. 집안일을 돕는 레스키의 이름을 불렀다.

"레스키(Rezky), 양초 어딨어?"

이층에 있던 레스키는 아무 말 없이 거실로 내려와서는 얼른 부엌으로 들어가 양초를 찾아 능숙한 솜씨로 심지에 불을 붙인 다음 접시에 촛농을 떨구어 넘어지지 않게 초를 고정시켜 주었다. 그리고는 시선을 약간 아래로 두고 다시 쪼르르 이층으로 올라가 버렸다. 고맙다고 건네는 내 표현보다 더 빠른 그녀의 수줍음이 나를 잠깐 무안하게 만들었다.

그렇게 양초를 받아 든 나는 방으로 돌아와 촛불만 멍하니 쳐다보았다. 아무것도 할 수 없는 어둠 속에서는 희미한 불빛만이 유일한 벗이 된다. 오늘처럼 전기가 들어오지 않는 시간이 되면 이 무력한 공기의 습격마저 견디는 연습을 해야 한다. 아니, 언제 다시 빛이 들어올지 알 수 없는 그 시간의 먹먹함을 견뎌 내야 한다. 급기야 암흑은 그 자체로 인간에게 무기력함과 정체된 자아를 선물한다.

그러고 보면 우리가 배우고, 지나온 역사 속에서도 항상 찬란한 빛의 시대만 있었던 것은 아니다. 하물며 고대 신석기 시대에는 어떠했을지 짐작조차 할 수 없다. 불의 발견은 곧 보지 못하던 것을 볼 수 있게 하고, 잘 보이지 않던 것을 더 선명하게 했으리라. 그러나 그런 물리적인 발견을 통해서 암흑의 시대를 해결해 온 것만은 아니었다. 약 400년의 암흑기를 살았던 중세 유럽과 1930년대 초 대공황을 맞았던 미국에서도 그 안의 수많은 소작농과 소시민들은 경제적 궁핍과 시대적 고민을 함께 껴안고 살았으리라 생각한다.

우리의 역사에서도 다르지 않았다. 가깝게는 군부독재 정권을 관통하며 철저한 감시와 검열의 시대에 양심과 자유의지가 짓밟히고 찢겨져 나가는 어둠의 낮과 밤을 숱하게 보내지 않았던가. 그리고 그것은 21세기에 들어서서 더 교묘하고 비열하게 정치적 수단과 영합하고, 비이성적 목적으로 변질되어 한사코 많은 국민들을 한겨울 차가운 아스팔트로 내몰았었다.

그 시절 낮과 밤을 밝힌 시민들의 촛불이 단순한 불의 1차적 기능만 한 것은 아니었을 것이다. 그것은 현실을 외면하지 않겠다는 군중들의 책임이었고, 의무였으며, 사무라이의 그것보다 더 예리하고 날선 우리 모두의 자발적 희생이었으리라. 그리고 그 작지만 당연한 자유의 씨앗을 다음 세대에게 건네주고자 열망하는 자들의 진정한 민주주의였으리라 확신한다. 그들이 의지한 순수의 횃불은 들라크루아(Eugene Delacroix)의 그림 속에서 민중을 이끄는 자유의 여신(Liberty Leading the People)처럼 당당했으며 비장하기까지 했다.

그런데 어찌 된 일인지 적도의 작은 방을 밝히는 촛불은 여전히 작고, 섬처럼 홀로 외로워 보인다. 그러나 연약하지만 때론 유연하고 스스로 어둠 속 고독을 자처하는 저 촛불로 지나간 겨울 대한민국이 어떤 일을 해냈는지, 무엇을 쟁취했는지 먼 타국에서 잘 알고 있는 나는 검은 방을 밝히는 촛불이 전혀 낯설지 않다. 오히려 추운 엄동설한에 그 순간을 함께 지지하지 못한 것에 대한 도의적 책임과 미안함의 무게를 조금이나마 짊어지고 있다고 해야 할까. 그만큼 촛불은 우리의 생각보다 견고하고, 힘이 세다.

촛불은 생각보다
힘이 세다

—

풍경을 읽다

한 무리의 젊은 사내들이 혼잡한 거리 속으로 뛰어들었다. 내가 자주 들르는 카페 앞 좁은 사거리는 아수라장이 된 지 얼마 되지 않았다. 거리는 금세 수많은 오토바이 행렬과 비좁은 거리에 비해 비대해 보이는 자동차들로 가득 찼다.

그 사이를 벤또르(Bentor : 인도네시아 전통 교통수단인 베짝에 모터사이클을 결합하여 만든 마카사르의 독특한 운송수단. 하지만 불법 개조된 것들이 대부분이다.)와 뻬떼뻬떼(Pete-Pete : 일반적인 앙꼿과 비슷한 형태의 미니버스. 봉고차를 개조한 것으로 파란색은 도시 내부를 순환하고, 빨간색은 마카사르와 인근 도시 간 장거리 이동을 운행한다.)가 비집고 들어와서 혼란을 더욱 가중시켰다. 운전대를 잡던 사람들이 창문을 내리고 고개만 빼꼼히 내밀며 상황을 지켜보았다.

그러던 중 카페 건너편 편의점 앞에 있던 건장한 사내들이 거리 중앙으로 뛰어든 것이다. 그들은 고함을 지르고, 팔로 커다란 동작을 취하며 몇 대의 차량을 먼저 보내기도 하고, 번잡스러운 오토바이 부대들을 향해 부지런히 손짓을 하여 지나갈 길을 만들어 주었다. 나도 오랜만에 하스리(Hasri)의 오토바이를 빌려서 나온 탓에 그곳에서 정체된 시간을 보낼 수밖에 없었다.

여전히 라마단이 끝나지 않은 마카사르의 풍경은 그러했다. 라마단이 끝나려면 아직 일주일이나 더 남았다. 그리고 많은 사람들이 쏟아져 나온 시간은 하루의 금식을 마치는 일몰 시간이어서 더욱 당연했으리라.

사람들은 금욕과 금식으로 마음을 단련하고, 알라신 앞에 몸을 정화하는 의식을 치른다. 하지만 부까 뿌아사(Buka Puasa : 금식해제)가 되면 매일매일 거리는 이렇게 난장판이 되기 일쑤다. 그러면서도 그들은 서로의 앞길을 양보하기도 하고, 더러는 약간의 조급함과 얄팍한 마음으로 다른 오토바이의 앞바퀴를 막아서기도 하는 것이 우리가 살고 있는 세계를 축약해 놓은 모습처럼 보이기도 한다.

벌써 인도네시아에서 다섯 번의 라마단을 보내는 동안 많은 친구들에게서 분에 넘치는 대접을 받아 온 나는 이 거리의 치열함이 이제는 전혀 낯설지가 않다. 일몰이 되기 직전 도시는 정말 거대한 풍선이 곧 터져 버릴 것만 같은 팽팽한 긴장감으로 둘러싸인다. 실제로 그것은 최소한 개인의 영역에서만큼은 내적 전쟁이나 다름없다.

몇 해 전, 인도네시아 발리를 배경으로 할리우드의 유명배우 줄리아 로버츠가 출연했던 영화 '먹고, 기도하고, 사랑하라'의 로맨틱하고, 풍요로운 분위기와는 분명 다르다. 그도 그럴 것이 영화의 배경은 발리였고, 발리는 무슬림이 있긴 하지만 기본적으로 힌두교도들이 대부분인 지역이기 때문에 더 보수적이고 신실한 무슬림 신자들이 많은 마카사르의 라마단과 단적인 비교를 하기는 힘들 것이다. 총 한 달간의 라마단 기간 동안 벌써 3주째 매일같이 식욕과 성욕과 화(火)를 인위적으로 억제하며 살아가는 무슬림들에게 그것이 이미 익숙한 사람에게든, 익숙하지 않은 사람에게든 결코 만만치 않은 시간임에 틀림없으니까 말이다.

간혹 나도 그들의 생활 패턴을 따라 함께 뿌아사(Puasa : 금식)를 하기도 하는데 역시나 가장 기다려지는 시간은 해가 질 무렵이다. 그 무렵이 되면 거리의 좌판과 시장의 상인들이 활기를 띠고, 도시의 모든 음식점들이 손님을 맞을 준비로 분주하게 움직인다. 솔솔 풍겨 오는 음식 냄새가 거리 곳곳을 메우고, 메인 식사 전에 식음하는 에피타이저 과일 주스들이 오가는 사람들의 눈과 발을 사로잡는다. 열대 나라답게 형형색색의 생과일들이 듬뿍 담긴 과일 주스는 하루의 목마름을 달래기에 충분하다.

나도 그들 틈에서 오토바이를 몰아가며 골목골목의 상점들과 좌판들을 구경해 가는 것이 여간 재밌는 일이 아니다. 기름기 자욱한 가판대 위에 놓여진 각종 야채와 튀김들 그리고 우리나라의 경단처럼 생긴 작고 먹음직한 꾸에(Kue : 간단히 먹을 수 있는 인도네시아 전통 케이크)가 가득하기 때문이다. 아직도 나는 이 도시가 신기하고, 매번 그들의 신성한 라마단 기간이 되면 덩달아 내 마음도 조금은 들떠서 전통 무슬림들의 삶에 더 눈이 가는 것이다.

그렇게 사람들은 일출부터 일몰까지 금식을 하고, 다시 일몰부터 그 다음 날 새벽 동트기 전까지 음식을 섭취할 수 있는 시간이 주어지는데 그 일몰시간에 사람들이 너무 많이 쏟아져 나오면 오늘처럼 이렇게 길에서 옴짝달싹할 수 없는 상황을 맞이할 수밖에 없다.

사방에서 뿜어대는 매연들이 코를 간지럽힌다. 그래도 몇몇 정의로운 청년들 덕분에 자동차와 오토바이의 경적 소리는 줄어들었고, 그 와중에 몇 푼의 돈을 구걸하는 앉은뱅이도 그 틈을 헤집고 나와 위태롭게 트럭 앞을 지나간다. 그리고 그곳을 지나던 사람들과 사내들이 그의 등을 밀어 주고 끌어 주고 하는 것이 단순히 굶고, 기도하고, 스스로에게 엄격해야만 하는 종교적 의무가 아니라 라마단을 행하는 존재 이유를 더 명확히 보여 주는 것이 아닌가 생각하게 된다. 약자에 대한 관용과 이방인이 내미는 도움의 손길을 외면하지 않는 것이야말로 인도네시아 사람들이 함께 이 힘든 시간을 매년 버텨 내는 의지와 삶의 방법을 제시하는 것 같았다.

이미 일몰이 가까워지고 온 도시의 이슬람 사원에서는 금식 해제를 알리는 사이렌 소리가 날카롭게 울려 퍼지고 있었다. 조금씩 조금씩 도로는 막힌 코가 시원해지는 것처럼 차량의 흐름이 한결 원활해졌다. 가운데서 교통을 지휘하던 남자들의 셔츠가 땀으로 젖어 있는 것이 보였다. 그중 제일 키가 큰 남자의 덥수룩한 턱수염 안에도 땀방울이 송송이 맺혀 있을 것이다.

아무런 대가를 바라지 않는 도시민들의 작은 희생이 주변의 많은 사람들에게 따뜻한 마음으로 전해졌으리라 생각하며 나도 그에게 고마움의 눈인사를 건네며 거리를 가까스로 빠져나왔다. 때론 남을 도우려 나선다는 건 쉽지 않은 일이다. 간단하건 복잡하건 그 일의 난이도를 떠나서 개인의 시간을 투자하면서 처음부터 이득을 바라지 않고 도움을 주기는 쉽지 않다.

내가 체류하는 마카사르에는 거리의 많은 사람들, 그러니까 학교를 가지 않는 십 대들과 어린아이들을 포함하여 도시의 젊은 남자들이 자동차 운전자들에게 돈을 구걸하는 모습을 쉽게 볼 수 있다. 그것은 하나의 교통문화 혹은 으레 당연한 인사치레가 되어 그런 일을 하는 사람들이 마치 직업인 양 운전자들을 상대로 대당 우리 돈 200원, 300원 정도의 돈을 받아 간다. 예를 들어, 대개 도로 사정이 좋지 못하므로 차가 밀리거나 막힐 때, 유턴을 하거나 다른 경로로 바꾸어야 할 때, 좁은 골목길로 차 앞머리를 밀어 넣어야 할 때 그들은 커다란 나무 밑에 있다가 어느 틈엔가 영화 속 히어로처럼 나타나서 다른 방향에서 오는 차량들을 통제해 주고 호기롭게 해당 운전자에게 손바닥을 내보이며 돈을 받아 가곤 한다.

아마도 오늘처럼 그 사내들이 사거리 한가운데서 애쓴 것을 생각하면 그들은 짧은 시간에 꽤나 많은 돈을 만졌을 수도 있지 않았을까. 하지만 남자들은 시종일관 웃으며 사람들에게 기다리라는 손짓을 하였고, 나에게는 어느 방향으로 가는지를 친절하게 묻기도 하였다.

나는 짧지 않은 시간을 이곳에서 지내면서 가끔 그들의 삶에서 돈이 전부인 것처럼 느껴질 때가 있었다. 특히나 외국인인 나에게 마치 한 푼이라도 더 뜯어 가려는 그들의 눈빛을 볼 때면 있던 정도 떨어지곤 하였다. 하지만 그런 감정이 이 도시의 사람들 모두에게 일반화될 수 없다는 것을 깨닫는 데 단 얼마간의 시간이 걸리지 않았다. 그리고 그런 편협한 마음이 한쪽으로 치우치지 않아서 너무나 다행스러웠다.

사방으로 이어지기도 하고, 때론 어느 지점과 목적지 사이를 관통하기도 하는 길 위에서 나는 어쩌면 그들이 내미는 갈색 손과 그들이 가진 피부색보다 밝은 미소에 더 마음이 쓰였으리라. 내가 그들 사회에서 이방인인 것처럼 그들도 내 눈에 외국인인 것은 분명한 사실이다. 하지만 그렇게 작은 혼돈 속에서도 서로 의지할 수 있고, 눈을 맞출 수 있는 평범한 이웃이 되어 갈 수 있다는 것이 필연적으로 냉정해질 수밖에 없는 작금의 현실에서 조금이나마 따뜻한 인간애를 느낄 수 있는 하루였다.

소속되지 않을 자유

나는 커피를 좋아한다. 커피를 좋아하지 않는 현대인은 얼마나 될까. 아마 대부분의 사람들은 자신의 기호에 따라 혹은 사람들과의 관계를 위해 식사가 끝나거나 회의를 시작하기에 앞서 아메리카노나 카페라떼를 한 잔씩 손에 들고 이야기를 시작할 것이다.

손에 무언가를 잡고 있지 않으면 불안해하는 도시인의 심리 때문인지 아니면 입에 무언가를 넣지 않으면 아무것도 하지 않는 것처럼 느껴지기 때문인지 알 수 없지만 우리는 항상 빈손을 스치는 어색한 공기를 채우기 위해 애써 노력하는 것 같다. 그리고 그것을 채워 주는 따뜻하고 편안한 온기가 바로 커피인 것이다. 서양인들이 동양으로 들여온 커피는 이내 검은 머리를 가진 동양인들의 입맛으로 변질되어 사람들의 마음까지 빼앗아 버렸다.

지금은 이곳 마카사르에서도 사람들이 한국의 젊은이들을 생각할 때 한 손에 코스모폴리탄을 상징하는 스타벅스에서 아메리카노를 테이크-아웃하여 시간을 쪼개 바삐 움직이는 모습이 관념처럼 굳어졌다. 인도네시아 사람들이 나에게 정말로 한국 사람들은 아메리카노를 많이 마시느냐고 물어보는 것이 그런 생각을 강하게 반증한다. 물론 나도 동의한다. 그것은 드라마 속 인물들에게 현실의 삶을 충분히 반영했기 때문인 것 같다.

특히나 겨울의 풍경은 적당히 긴 롱코트에 얇은 가죽 장갑을 끼고 손에 커피를 든 사람들에게서 피어오르는 뜨거운 수증기가 거리 곳곳을 작은 굴뚝이 모여 걸어 다니는 것 같은 착각을 불러일으키게 한다. 그리고 그 무리들은 학교로, 회사로 또는 교회로 저마다의 사정과 목적을 가지고 발걸음을 재촉한다. 작은 모임부터 전문 학회에 참석하는 사람들까지 그 범위는 다양할 것이다.

나도 그 무리 중의 하나였던 적이 있었는데 지금은 한국에서의 커피 향과는 비교도 할 수 없는 짙고 깊은 인도네시아 커피를 마시며 그보다 곱절은 더 잔인하게 뜨거운 이카루스의 태양을 움켜쥐고 있다. 다른 환경에 있어도 습관은 크게 달라지지 않는 것 같다. 계절을 막론하고 대체로 따끈한 블랙커피를 즐기는 나는 이곳에서도 여전히 커피 성

애자이다.

하지만 아무 데나 가서 마실 수는 없는 법이다. 커피라고 해서 다 같은 커피는 아니기 때문이다. 나는 깊고 쓴맛을 내는 커피를 좋아하여 시큼한 맛이 나거나 커피 잔에 물의 양이 많은 카페를 방문하는 것은 피하는 편이다. 그래서 마카사르에 온 이후로 지난 2년 동안 내 입에 맞는 커피를 찾기 위해 제법 많은 카페를 찾아다녔다. 조건은 이러하다.

첫째로 커피 맛은 당연히 좋아야 하며 그래서 주변에 그 장소를 아는 지인들이 가끔씩 찾는 곳이어야 한다. 커피도 그렇고, 술도 그렇고 좋은 사람들과 함께해야 내 앞에 놓인 잔이 외롭지 않은 법이다.

둘째로 평일 저녁 시간에 사람이 많지 않아야 하며 최소한 저녁 8시 정도까지는 영업을 하는 곳이어야 한다. 왜냐하면 종종 일주일에 두 번 정도 기분 전환을 위해 카페에서 글을 쓰거나 개인적인 작업을 하는 나는 부산스럽거나 시끄러운 장소를 최대한 피하고 싶기 때문이다. 집중력을 해치는 곳은 첫 번째 조건이 성립되더라도 다시는 찾지 않는다는 나름의 원칙이 있다.

셋째로 커피숍의 공간에 대한 조건이다. 일단 최대한 밖에서 들려오는 소음이 적어야 하며, 내부 공간이 너무 커서도 안 된다. 그리고 불특정 다수의 사람들이 자주 얼굴을 마주치지 않는 공간이어야 한다.

세 번째에서 나열한 이유들은 모두 집중력과 연관이 있는 것들인데 사실 소음의 문제는 인도네시아라는 열대지방의 특성상 날씨가 덥기 때문에 가게들마다 문을 활짝 열어 놓아서 어느 정도는 감수해야 한다. 그리고 낡은 수동 오토바이를 타고 다니는 인도네시아 사람들의 수가 절대적으로 많기 때문에 소음과 매연의 문제에서 자유로울 수 없는 것이 현실이다.

그래서 보통 가게들은 입구에서부터 길쭉한 형태로 마치 동굴처럼 안쪽으로 들어가는 공간들이 많다. 그러면 대낮에도 밖에서 볼 때는 안에서 무얼 하는지 잘 보이지 않고 깜깜해서 마치 문 닫은 상점처럼 보일 때가 많다. 아마도 바깥 태양의 화려한 양각이 더 어두운 암흑의 음각을 만들어 내는 것인가 보다.

그리고 마지막으로는 내부 공간의 조도인데 개인적으로 눈이 건강하지 못하고 피로도가 일찍 쌓여서 다른 사람의 기준에서 너무 밝은 공간이나 산뜻하거나 분위기 있는 조도는 나에게 적합하지 않다. 카페에서 작업을 하면서 내 시선과 30cm 거리의 물체를 안경을 쓰지 않고도 2~3시간 정도 피로감 없이 잘 볼 수 있는 곳이면 괜찮다.

그래서 이렇게 큰 틀에서 네 가지 조건을 모두 충족하는 곳은 현재까지 한 군데밖에 없는 것 같다. 물론 완벽하게 충족한다고 볼 수는 없지만 그래도 작업하면서 커피를 음미하기에 큰 불만이 없다.

카페의 이름은 마카사르 중심지의 잘란 안디 마빤유키(Jalan Andi Mappanyukki : 인도네시아 말로 Jalan은 '길, 거리'라는 뜻으로 직역하면 '안디 마빤유키 길'이라고 할 수 있다.)에 위치한 가로리카 홉(Garorica Hop)이다.

처음 그곳을 방문하게 된 계기는 작년에 잠시 마카사르에 머물렀던 루마니아 친구 빅터(Victor)와의 만남 때문이었다. 수제 햄버거와 토스트, 치즈빵을 직접 만들고, 사과와 레몬을 이용한 새콤달콤한 주스도 만들어 파는 곳이다. 무엇보다 커피의 빛깔이 하얀 커피 잔과 적당하게 대비되어 잘 어울리고, 그 향과 맛에 괴리감이 없다.

또 카페 주인 도니(Donny)와 마렛(Maret) 부부는 영어가 유창한 탓에 내가 영어로 편하게 주문할 수 있다는 장점이 있다. 우리는 점점 친해져서 가끔 서로의 안부를 묻거나 일상적인 대화를 나누기도 한다. 그럴 때 어설픈 나의 인도네시아 말을 굳이 사용하지 않아도 되는 것이다.

카페 내부 공간의 조도와 크기도 적당하고, 손님이 시종일관 붐비는 곳이 아니어서 혼자 집중해서 글을 쓰거나 작은 드로잉 작업을 할 때 방해받지 않을 수 있다. 사실 내가 작업하는 시간에는 거의 혼자 있을 때가 많았다. 또 천장에서 커다란 팬이 돌아가면서 바람을 만들어 주기 때문에 인위적인 에어컨 바람을 좋아하지 않는 나에겐 안성맞

춤이다. 홀 한편에 영어로 된 책을 모아 놓은 작은 책장도 있어서 작업하다가 숨을 돌릴 때도 좋다.

그래서 그곳에서 작업을 한 번 시작하는 날에는 오후 두 시쯤 오토바이를 타고 가서 설탕이 첨가되지 않은 뜨거운 블랙커피와 주인아주머니가 직접 만든 치즈빵을 시켜 놓고 해가 지는 초저녁까지 작업을 하는 게 일상의 작은 습관이 되어 버렸다. 요즘처럼 비가 시시때때로 오는 우기에는 일주일에 한 번 정도만 찾을 때도 있지만 대체로 그곳은 이전에 다녔던 몇몇 카페와는 다르게 편안하고 차분한 분위기를 느낄 수 있다.

이렇게 나는 좋은 커피 한 잔을 마시기 위해 이상하리만치 예민하게 따지는 편인데 그것이 부정적인 의미만 내포하고 있다고 생각하진 않는다. 결국 비슷한 조건에서 좀 '덜 불행할 자유'를 선택하는 것이 우리의 인생 아니겠는가. 어찌 보면 그런 이유 때문에 나는 내가 태어난 한반도에서 5,000킬로미터도 넘게 떨어진 이 섬에 온 근원적인 이유가 아닐까 생각한다. 사람들은 어딘가에 자신을 소속시키면서 사회적인 소속감과 함께 마음의 안정을 얻는다. 그러면서도 그 안에서 안주와 경쟁의 양면성에 불안해하기도 한다. 그런 불안감이 마음의 병으로 이어져 불행을 스스로 양육한다.

그런데 한국 사회에서 어디에도 소속되어 있지 않은 사람은 빼곡한

숲속의 미아로 치부될 때가 많은 것 같다. 마치 홀로 늑대 무리 속에 남겨진 '정글북'의 주인공처럼 말이다. 그것은 개인의 선택적 자유의지가 아니라 사회제도가 만들어 낸 절대적 강요여서 그런 것이 아닐까. 어쩌면 나도 내가 좋아하는 이 섬에 소속되어 있다는 것에 대한 안도감을 무의식적으로 느끼고 있는지도 모른다.

사람은 누구나 자신만의 울타리를 만들고 싶어 한다. 특별하다고 생각했던 여행의 일상도 실상은 크게 다르지 않은데 말이다. 그것이 길어지면 시작점에서의 설렘은 반감되고, 이내 여행도 일상의 부분이라는 민낯과 마주해야 할 시점과 만나게 된다. 가령, 거주하는 도시의 뒷골목과 좁은 길(Jalan Tikus : 인도네시아 사람들은 두 사람이 겨우 지나갈 만한 좁은 골목길을 작은 쥐에 빗대어 '생쥐길'이라고 부른다.)까지도 머릿속에 그려진다는 것은 그만큼 이곳에 머문 시간이 길었다는 반증이리라.

그것은 우리 삶에서 단순히 익숙함이 주는 숙명을 넘어서서 어떤 의미에서는 변화를 찾아 다른 곳으로 떠나야 한다는 것을 의미하기도 할 것이다. 그렇다고 여행의 익숙함이 아름답지 않은 것은 아니다. 그 또한 자연스러운 일부분이다. 그저 여행자 각자가 느끼는 행복의 시선과 방향이 다를 뿐이다.

마카사르의 하루하루는 언제나 차분하다. 어쩌면 사람들은 웃음과 눈물을 동시에 흘리며 까무잡잡한 그들의 피부 속으로 슬며시 감추고 살아가는지도 모른다. 그들의 삶 속에 회색빛 그림자처럼 숨어든 나도 살아가면서 누군가가 감내해야 할 어떤 소속감에서 일시적인 탈출을 꿈꾸며 여전히 섬으로부터의 또 다른 해방구를 찾고 있는 것은 아닐까. 누구에게나 있을 법한 커피 한 잔의 낭만과 영원히 소속되지 않을 여행생활자로서의 권리를 누리기 위해서 말이다. 그래서 오늘도 나는 카페에 간다.

너와 나의
삶을 닮은
커피 속으로
풍덩!
KOPI
TORAJA

호텔의 방, 호텔의 밤 : R616

환희와 고독은 청춘의 영원한 벗일까, 아니면 적일까. 그것은 서로를 끊임없이 자극하며 전(全) 생애를 다하여 질리도록 원하는 자석의 N극과 S극처럼 교묘하게 힘과 힘 때론 무관심한 듯 태연한 감정으로 소모적 물음과 답변들 사이를 적절히 오간다. 그리고 그 물질의 소요는 온전히 남겨진 인간의 몫일 터. 더구나 낯선(가끔은 낯익은) 도시에서 마주하는 외로움의 거리감은 더욱 멀고 길게 느껴져서 지난한 날의 기쁨이 타국의 땅에서는 힘없는 플라스틱처럼 적도의 태양 아래 녹아내리기 일쑤다.

그럼에도 도시는 온갖 매력을 뿜어내고 있었다. 그 안에 속한 인간들의 무모한 삶의 양식을 비웃기라도 하는 양, 섬을 상징하는 도시는 그토록 건조한 아름다움을 매번 간헐적으로 발산하였다. 그 아름다움이라는 것은 수명을 다한 슬레이트 지붕 아래로 흘러내리는 빗방울의 경쾌한 울림이 되어 이방인의 콧속을 괴롭힌다. 그리고서 정제되지 않은 가슴을 오래도록 적신다.

요 며칠 사이 일시적으로 멈추었던 마카사르의 빗줄기는 하필 내가 호텔에서 머무는 하룻밤 동안 6층 방 창문을 세차게 쓸어내리며 어떤 말이나 실천적 행동을 부추기 듯 종용하였다. 하지만 나는 아무것도 하지 못하고 멍하니 마카사르 골목길에 드리우는 땅거미를 바라보기만 하였다. 아니, 아무것도 하고 싶지 않았다. 무언가를 하는 것에 구구절절한 의미를 부여하고 싶지 않았으리라. 그저 차분하게 빗소리에 집중하고 싶었으나 그 또한 '어떤' 행위를 위한 의식을 깨우는 일 일뿐이었다.

며칠 전, 나는 불현듯 내가 거주하고 있는 친구 집을 떠나 다른 공간에 머물고 싶어졌다. 사실 최근 부쩍 무료함을 느끼는 터라 섬 밖으로의 여행을 계획하였으나 여권의 유한함만큼이나 제한적인 체류비자 때문에 잠시 동안 비행기를 탈 수 없는 상황이었다. 그래서 생각한 것이 도시 안에서의 여행이었다.

어차피 나는 이곳에서 어디까지나 이방인에 불과하기에 이 도시 어디를 가나 여행자의 보폭일 수밖에 없다고 생각했다. 그래서 급기야 시내에 있는 한 호텔에 묵기로 하였다. 하룻밤 지불해야 할 비용도 비싸지 않았고, 더욱이 수영장도 이용할 수 있었다. 비가 오지 않는 낮에는 날씨가 무척 뜨거워서 나는 수영장에 온몸을 담그고 차가운 한기를 느끼며 망중한을 즐기고 싶었다.

그렇게 해서 집에서 멀지 않은 쁘소나 호텔(Pesonna Hotel)을 예약하였다. 호텔은 지리적 위치도 훌륭했다. 사람들이 많이 오가는 라뚜 인다(Ratu Indah) 쇼핑몰 바로 건너편이었고, 내가 오토바이를 타고 자주 다니던 길의 중간에 위치해 있었다. 또 간간히 글쓰기 작업을 하던 카페와는 작은 길을 사이에 두고 마주 보고 있었던 탓에 평소 나의 동선에 비추어 익숙하고, 최적화된 곳이었다.

호텔 로비에 있던 리셉션의 사람들도 친절했다. 여직원이 나의 예약 사실을 확인하는 사이 다른 직원이 시원하고 달달한 오렌지 주스를 나에게 건넸다. 인도네시아 말로 '스늄'(Senyum)이라고 하는 건강한 그들의 '미소'와 함께여서 더 친근하게 다가왔다. 여직원은 나에게 비흡연자용 객실을 안내해 주었다. 나는 차가운 주스 한 잔을 냉큼 비우고, 곧장 호텔 방의 카드키를 받아 방이 있는 6층으로 엘리베이터를 타고 올라갔다.

대충 짐을 풀고 로비에 있는 수영장으로 향했다. 야외에 있는 수영장은 생각보다 크지 않았고, 물도 깊지 않았다. 깊이는 겨우 내 흉곽에 닿을 정도였다. 하지만 수영장 위로 뻥 뚫린 파란 하늘을 마음껏 감상할 수 있었다. 나는 수영을 잘하지 못하는 데도 약 30미터 정도 되는 짧은 길이의 수영장 끝에서 끝을 반복해서 오갔다.

무언가 답답하다고 느껴질 땐 가장 단순한 행동을 반복하는 것이 생각을 정리하기에 좋기 때문이었다. 반대로 복잡한 무언가를 가지고 있지 않을 때도 스스로 마음을 비워 내기에 나쁘지 않은 것 같았다. 물속에서 몸동작을 반복하는 동안 숨이 가빠 왔다. 그렇게 1시간 정도 수영장에서 혼자 시간을 보내다가 다시 방으로 올라왔다.

호텔방에서 바라보는 도시의 모습은 수수하지만 혼잡스러워 보였다. 낡고, 녹슨 지붕들 틈으로 실타래처럼 얽혀 있는 작은 골목들이 시선에 들어왔다. 그 길로 히잡을 두른 두 여학생이 어떤 말과 웃음을 주고받으며 지나가고 있었다. 작은 꼬마 아이들은 더 작게 보였다.

저 멀리 마카사르 주립 대학교의 중앙 건물과 더 비싼 4성급 호텔들을 제외하고 10층 정도 되는 건물은 이곳에서 여전히 고층에 속하는 편이다. 사람들은 아파트에 대한 개념이나 투기 목적의 소유욕이 없고, 아무래도 한국보다 국토 면적이 넓어서 집을 지을 때도 수직으로 올라가지 않고 수평으로 단층 또는 3층 정도로 낮게 짓는 것이 일반적이다. 내가 묵고 있는 호텔도 10층짜리인데 이 근방에선 제법 높은 건물에 속한다.

저녁 6시가 조금 넘자 창밖으로 보이는 대부분의 가게들이 문을 닫았다. 거리의 가로등도 충분하지 않고, 전력의 세기도 그리 강하지 않아서 도시의 주요 거리를 제외하고 사람들이 사는 작은 골목과 주택가는 일찌감치 컴컴한 어둠으로 휩싸였다. 그곳을 내려다보는 나도 어디가 길인지 무엇이 지붕인지 구분하기 힘들 만큼 어두웠다.

이따금씩 어둠을 뚫고 스며져 나오는 작은 불빛이 그곳에 누군가가 살고 있음을 말해 주는 듯했다. 그들은 그 안에서 어떤 대화를 나누고 있을까. 하루를 마무리하는 시간에 함께하는 가족들의 웃음소리가 나에게는 사뭇 낯설게 다가왔다. 적도에서 보내는 두 번의 무더운 겨울과 세 번의 새해를 맞이하는 동안 우리가 흔히 말하는 '집밥' 혹은 우리 집 '냄새'에 대한 기억이 조금은 희미해져서 그런지도 모르겠다.

도시의 밤은 그렇게 점점 깊어져 갔다. 나는 검정의 한가운데에 은은한 불을 밝히고 호텔방 침대에 덩그러니 누웠다. 호텔에서의 첫날인 동시에 마지막 밤을 보내야 하는 나에게 이곳 또한 수많은 여행의 여정 중 하나에 지나지 않는다. 사실, 호텔도 자신의 거주지를 떠나 잠시잠깐 머물다 가는 곳에 불과하므로 이곳에 투숙하는 모든 사람들은 필시 다른 공간, 다른 지방, 다른 경계의 어딘가에서 온 여행자, 이방인에 불과하리라. 우리네 인생도 그런 것이 아닌지. 어머니의 자궁에서 태어나고 자라 거대한 세상에 내던져진 하나의 미물로서 삶을 살아가고 있으니 말이다.

하지만 다른 것이 있다면 호텔이라는 공간은 인위적인 완벽함을 추구한다는 것이다. 언제나 규격화된 친절과 때때로 과도하게 포장된 웃음이 난무한다. 모든 이방인에게 호의적이며, 그 자체로 이미 거대한 자본주의의 집약체인 것이다. 그것은 분명 실재적인 여행과 다르다. 여행은 그리고 삶은 모든 것이 그렇게 완벽하거나 안전하지 않다. 언제나 가변적이며, 수많은 경우의 수를 품는다.

그래도 삶이라는 긴 여정에 호텔이라는 공간은 잠시나마 숨 돌릴 틈을 제공하는 곳인 것 같다. 마치 사막의 오아시스 속 비현실의 허상을 꿈꾸게 만드는 신기루처럼 말이다. 우리의 삶이란 아마도 모든 실재와 환상이 어우러지는 마법의 공간이라는 생각이 든다. 가끔은 어떤 것이 실재이고, 어떤 것이 환상인지 우리 스스로조차 헷갈릴 때도 있지만 그것 또한 삶을 위한 삶의 과정이라고 해야 할까. 그렇게 자정의 밤을 타고 넘는 지루한 상념들을 뒤로하고, 나는 호텔방 침대에서 포근한 숙면을 청해 본다.

과일 빙수 한 그릇

우기(雨期)가 시작되고 얼마 지나지 않아 하늘은 작심이라도 한 듯 비 내리는 것을 잠시 멈추고 하루 종일 뜨거운 공기만을 선사하였다. 절기상 아무리 우기라 하여도 지금 내가 서 있는 이곳이 지구의 열기를 가장 가득 품은 적도의 어디쯤이라는 것을 스스로 증명이라도 하는 듯했다.

어떻게든 분화구처럼 솟아오르는 열기를 피해 도시의 모퉁이를 찾아 잠깐의 휴식을 취해야만 했다. 터진 수도꼭지처럼 주체할 수 없이 솟구쳐 나오는 땀을 조금이라도 식혀야만 했다. 이미 두 번, 아니 세 번째쯤 맞이하는 마카사르의 여름이지만 그래도 여전히 견디기 힘들기는 마찬가지인가 보다. 숨 쉬기조차 먹먹한 태양의 분노와 간밤에 도시를 훑고 간 비의 습기가 아스팔트 위에 남긴 뒤 생긴 복사열이 도시의 모든 사람들을 땀내와 단내의 늪 속에서 헤어 나오지 못하게 만들었다.

그럼에도 거리의 사람들은 열심히 갖가지 종류의 오색찬란한 열대과일을 팔고, 튀김옷을 입은 바나나와 파인애플, 두부와 닭고기를 연신 손님들의 손에 쥐어 주었다. 미트볼이 들어간 박소(Bakso : 소고기나 닭고기로 만든 미트볼에 국수와 튀김을 넣은 인도네시아 거리음식) 한 그릇과 그 속에 담긴 뜨끈한 국물보다 더 뜨거운 땅에서 발을 디딘 채 살아가는 인도네시아 사람들의 삶의 모습에 나는 이미 오래전부터 동화된 것 같다. 아니, 어쩌면 심히 중독되어 그들의 행복한 웃음과 온화한 미소를 찾아 다시 이곳으로 돌아왔는지도 모르겠다.

생각해 보면 내가 만나는 인도네시아 사람들은 언제나 웃고 있었다. 그 엷고 수줍은 웃음이 코코넛 껍질처럼 그을린 까무잡잡한 얼굴색에서 떠나질 않았다. 이방인인 내 앞에서뿐만이 아니라 내가 돌아보지 않을 때도 그들은 항상 웃음을 달고 산다. 마치 미소가 자동 유입되는 산소마스크를 쓴 사람들처럼 말이다.

우기와 건기가 나뉘어져 있다고는 하지만 35도를 우습게 오르내리는 찌는 듯한 적도의 폭염 속에서도 그들은 삶의 여유와 상대방에 대한 배려를 잊지 않는 것 같다. 일이 조금 느려도, 무언가가 생각만큼 잘

되지 않아도 그들은 사람들 앞에서 크게 불평을 하지 않는다. 불같이 화를 내며 소리 지르는 법이 거의 없다. 그것이 미덕인지는 모르겠으나 대체로 사람들은 온화하며 온순하다. 깡마르고 작은 체구의 그들은 어쩌면 그것보다 더 큰 행복의 크기를 이미 알고 있는지도 모른다.

지리적 중요성과는 다르게 그리 크지 않은 항구도시 마카사르에서는 도시 어디에서든 바나나 향을 맡을 수 있다. 어떤 사람은 바나나를 불에 굽기도 하고, 어떤 이는 그것을 팔팔 끓는 기름에 넣어 튀겨 내기도 하는 것이 여전히 나에게는 생소하지만 지나칠 수 없는 일상의 풍경이다.

그도 그럴 것이 북반구에 속하며 일 년 중 한여름 두 달 정도를 빼면 대체로 서늘하고 추운 반도국인 우리나라의 기후에서는 절대 자랄 수 없는 바나나가 이곳에는 지천에 널려 있고, 길 여기저기에 서 있는 코코넛 나무에서 떨어지는 열매들은 소득이 시원치 않은 인도네시아 사람들의 하루 벌이가 되는 것이 신기할 따름이다.

손님에게 팔고 남은 코코넛 껍데기가 길거리에 너저분하게 돌아다니면 그것을 치우고, 수거하는 청소부가 따로 있을 정도니 코코넛은 우리가 생각하는 것 이상으로 태어나면서부터 그 쓰임을 다한 후에도 인도네시아 사람들에게 약간의 일거리를 부여해 주는 셈이다. 그로 인해 한 푼이라도 더 벌 수 있다면 그 또한 코코넛이 사람들에게 주는 한 줌의 작은 용돈일 수도 있다고 생각한다.

그것은 필시 어릴 적 동화에서 읽은 아낌없이 주는 나무, 아니 더 정확히 말하면 '아낌없이 주는 코코넛 나무'임에 틀림이 없다. 또 후각이 예민한 사람이라면 모든 '과일의 왕'이라고 불리는 열대과일 '두리안(Durian)' 특유의 냄새도 이 도시에서 직감할 수 있으리라.

그리하여 나는 그 물러섬 없는 여름의 한가운데에서 이슬람식 히잡을 두른 아줌마가 건네준 한 그릇의 과일 빙수를 앞에 놓고 마른 땀을 식히고 있는 것이다. 과일이 흔한 탓에 이곳의 생과일 빙수는 한국과 비교할 것이 못된다. 과일의 양과 질 모든 면에서 말이다.

물론 대부분의 과일 값이 싸고, 인도네시아와 한국과의 환율 차이는 무려 10배에 달하기에 내 앞에 놓인 빙수의 가격은 한국에서는 상상할 수 없는 적은 돈에 불과하니 빙수 한 그릇을 팔기 위해 이른 아침부터 안간힘을 쓰는 인도네시아 사람들의 얼굴에 맺힌 땀의 의미를 다시 한 번 생각하지 않을 수 없다.

더구나 내가 사랑하는 이 땅의 무구한 얼굴을 가진 사람들의 고된 일상이 나 같은 철부지 여행생활자에게 우리 돈 천 원도 안 되는 가격으로 돌아오는 것이 무척 마음이 아프다. 과일이 담긴 그릇의 크기는 꽤 커서 다 먹은 후에는 어느 정도의 포만감이 들 정도니 아마도 한국이었다면 이 정도의 과일 빙수는 못해도 팔천 원은 주어야 먹을 수 있지 않았을까 추측해 본다.

사실 이곳에선 거의 모든 것, 과일을 비롯하여 식재료와 생필품 그리고 전반적인 생활비가 한국에 비해 저렴하다. 그것은 인도네시아를 포함한 대부분의 동남아시아 국가들에게서 나타나는 공통적인 현상이기도 하다. 내년 빨렘방 아시안 게임 개최를 앞두고 최근 빠르게 도시의 발전을 재촉하고 있는 인도네시아의 수도 자카르타 또한 사정이 많이 다르지 않다. 물론 한 나라의 수도답게 생활수준과 물가가 다른 지역에 비해 조금 높은 것은 사실이다.

하지만 최근 인도네시아 정부가 발표한 내년도 자카르타 지역 노동자들의 월 평균 최저 임금이 3.6주따(Juta), 그러니까 우리 돈으로 환산하면 삼십만 원이 조금 넘는 급여가 책정된 것을 보면 여전히 개발도상국의 위치에서 힘겹게 동아시아를 비롯한 세계 강대국들과의 살벌한 환율 전쟁을 하고 있는 소시민들의 괴로운 이면을 마주할 수밖에 없는 것이 현실이다. 절대 낭만적이지 않은 냉엄한 경제 구조를 들여다보며 다시금 그들의 격의 없는 환한 미소에 자꾸만 고개가 숙여지고 마음 한편이 불편해지는 것은 타인의 일상을 탐하는 여행자가 감내해야 할 어쩔 수 없는 미안함의 징표이리라.

하지만 나 또한 자유의 배낭을 짊어진, 어쩌면 그들보다 더 하잘것없는 자본주의 속 보헤미안을 자처하는 삶을 택한지라 경제적으로 그들보다 더 나을 것도 없고 때론 그 청량하고 시원한 과일 빙수 한 그릇의 여유조차도 나에게는 버겁고 내가 짊어진 배낭의 무게보다 더 무거운 대상이 될 때가 있다. 그래서 누가 누굴 걱정하고, 해묵은 동정심을 발휘하기란 어려울 때가 많다.

그럴 때일수록 오히려 내가 가진 것에 감사하고, 그 틈바구니에서 어눌한 그들의 언어로 이야기할 때 냄새가 다르고 피부색과 종교가 다른 나를 있는 그대로 보아 주고, 땀이 흐르는 끈적거리는 손으로 스스럼없이 악수를 나누는 우리의 모습이 총성 없는 세계 경제와 자본의 차가운 숫자 논리 속에서 조금이나마 사람 대 사람으로서의 따뜻한 살과 정을 느끼게 하는 것이 아닌가 생각하게 된다.

타오르는 태양의 정열과 흘러내리는 땀이 뒤섞인 도시의 오후는 수많은 생각이 교차하며 흘러가고 있었다. 나는 어느새 타는 목마름 때문인지 과일 빙수의 시원함과 달달함을 여유롭게 느낄 겨를도 없이 순식간에 한 그릇의 빙수를 비워 내고야 말았다. 이 지긋지긋한 열대의 우기도 그렇게 쏜살같이 통과할 수 있을까.

적도의 여름은 한치의 물러섬이 없다

신과 함께 가는 길

타국에서 또다시 새로운 한 해를 맞이한 지 불과 나흘밖에 지나지 않았다. 하지만 새해라는 느낌이 크게 와 닿지 않는다. 추운 겨울에 해가 바뀌는 한국과는 달리 이곳의 새해는 여름의 연장, 그 이상도 이하도 아닌 것 같은 느낌이 더 강하기 때문일까. 개구리도, 뱀도 깊은 동면을 취하는 한국의 겨울은 왠지 스산하면서도 강한 의지의 시작을 알리는 것 같은데 말이다. 여하튼 지구상 어디에서든 한 해의 시작은 계속되고, 우리의 삶도 큰 틀에서 유지된다는 것은 분명한 사실이다.

적도 위에 서 있는 마카사르도 예외는 아니어서 조금은 스스로 들뜬 마음으로 하루하루를 맞이하게 된다. 나는 2017년의 마지막 날과 올해의 첫날, 이틀 연속으로 교회에 갔다. 작년에는 거의 예배당을 가지 않고, 한국교회의 인터넷 예배로만 주일성소를 지켰던 적이 많았다. 하지만 한 해의 마지막 날은 그 나름대로 마무리의 의미가 있고, 새해의 첫날은 시작의 의미가 큰 만큼 오토바이를 타고 예배당으로 향했다.

인도네시아의 기독교도는 우리와 마찬가지로 가톨릭교도와 개신교도로 나뉜다. 나는 개신교도인 까닭에 대성당이 아닌 개신교회를 찾게 되었는데 여전히 인도네시아 말을 다 이해하지는 못하는 탓에 가끔씩 목사님이 하시는 설교의 문맥을 놓치면 한없는 오역의 나락으로 빠지게 된다. 하지만 이제 그런 것조차도 타국 생활의 일부라고 가볍게 넘길 수 있게 되었다.

오랜만에 찾은 교회는 내부의 화기애애함과 교인들 사이를 오가는 반가운 인사와 설렘, 아쉬움이 뒤섞인 분위기와는 다르게 밖은 사뭇 삼엄하였다. 무장한 경찰들과 한 대의 커다란 장갑차가 혹시 모를 보수의 이슬람 무장 세력으로부터 교회와 기독교인들을 지키고 있었기 때문이었다.

평소의 주일에는 그렇게까지 교회 앞을 사수하지는 않는데 종교적으로 큰 행사가 이루어지는 크리스마스나 연말, 연초에 공권력은 종교적 분쟁과 갈등의 소지가 충분한 큰 규모의 교회나 가톨릭 성당 앞에 투입되기도 한다. 그런데 아이러니한 것은 같은 기간 이슬람 사원 주변에는 그 어디에도 공권력을 찾아보기 힘들다는 것이다. 그것은 이 곳이 얼마나 강력한 이슬람교의 토대 위에 서 있는 나라인지를 반증하는 것일 것이다.

그래서 나 또한 교회로 입장하기에 앞서 공항에서와 같이 스캔봉을 가진 경찰이 나의 가방과 몸을 수색하였으며, 나는 그들의 요구에 응해야 했다. 문 앞의 경찰관은 내 가방을 열어 볼 것을 권하였으며 나는 응당 그것이 권고가 아닌 공적인 명령임을 직감하여 가방 안에 있는 성경책과 지갑, 핸드폰까지 모두 다 그에게 확인시켜 주었다. 나의 소지품을 확인하는 경찰의 눈빛이 날카롭게 움직였다. 오히려 그의 그런 빈틈없는 행동이 나로 하여금 안전한 기분을 느끼게 한 것을 생각하면 그들의 행동은 절대적으로 옳았다. 그러고 나서야 안전하게 교회 안으로 들어갈 수 있었다.

예배당에 모인 사람들은 열심히 찬양을 부르고 기도를 하고 있었다. 모처럼만에 찾은 교회는 아늑했으며 하얀 목욕탕 타일로 이루어진 내벽은 차가우면서도 종교가 가진 순수성을 상징하는 듯했다. 생각보다 사람들이 많았다. 그들의 찬양 소리는 우아했으며, 옆 사람의 기도는 이방인인 나에게도 간절한 울림을 가져다주었다. 그들이 어떤 기도를 그렇게 간절하게 하는지는 정확하게 이해할 수 없었지만 그 하나하나의 진심이 모아져서 하늘의 조물주에게 전해지는 것이 또렷하게 느껴졌다.

사실 이슬람교가 절대다수인 인도네시아에서 다른 종교를 가진 사람이 자신의 믿음을 지켜 가는 것은 여간 어려운 일이 아니다. 그럼에도 불구하고 인도네시아의 크리스천들은 알게 모르게 행해지는 정부와 도시, 지역사회의 종교적 차이에서 오는 부당함과 불공정한 억압에도 아랑곳 않고 신에 대한 믿음을 버리지 않는 것이 대견하고, 헤아릴 수 없는 신앙의 깊이가 이 적도의 땅을 깊이 파고드는 진중함으로 느껴졌다.

하지만 그것은 어느 종교나 마찬가지일 것이다. 기독교인들이 그러하듯이 무슬림도, 부처를 믿는 사람들도 저마다 그들만의 확고한 신념을 가지고 현재의 삶을 살아가고 있으리라. 그리고 그 진실한 기도들이 각자의 신, 아니 인간에 의해 분리된 하나의 신에게 연결되어 더 큰 평화를 이루고 다름에 대한 이성적 이해와 관용적 포용이 보편화될 것이라 믿는다.

열대의 비바람이 조금씩 지나가는 요즘 나는 빌 에반스(Bill Evans)나 존 콜트레인(John Coltrane)의 재즈 음악에 빠져 있는데 간혹 누군가가 부르는 한국말이 듣고 싶을 때면 한국 음악을 찾아 듣기도 한다. 그런데 일반적인 케이팝이나 보이밴드, 걸그룹이 노래하는 먼지처럼 가벼운 음악을 좋아하지 않는 취향이라서 가끔이지만 인터넷에 떠도는 찬송가나 가스펠 음악을 찾아 듣곤 한다.

그렇게 몇 곡을 찾아 듣다가 'H'라는 젊은 소프라노의 찬양을 듣게 되었다. 아마도 이탈리아에서 오랜 시간 성악을 공부한 사람의 목소리 같았다. 그녀의 소리는 애써 그 스스로 왜 사람의 몸이 가장 강력한 감정의 클라이맥스와 훌륭한 음색을 가진 악기인지를 몸소 증명이라도 하는 듯했다. 그녀가 부르는 찬양도 일찍이 들어 봄 직한 것이었지만 노래에 임하는 무게감 있는 자세가 더욱 그녀의 '몸소리(The Sound of Body)'를 돋보이게 만들었다.

나는 사실 한국에서 어릴 적부터 교회에 다녔지만 찬송가의 제목이나 가사를 아직도 잘 알지 못한다. 고백하자면 흔히 하는 말로 무늬만 기독교도인 셈인데, 그래도 어쩌다 좋아하는 멜로디나 많이 들어 본 적이 있는 곡들은 조금 기억하는 편이다. 소프라노 'H'가 부른 찬송이 그것이었다.

그런데 나는 음악이나 성악을 잘 모르는 사람이지만 그녀의 목소리는 우리가 익히 알고 있는 성악의 거장들처럼 천부적이거나 천재성이 느껴지는 소리는 아니었다. 그 어떤 화려한 테크닉이나 풍부한 성량을 가진 것도 아니었다. 다만 그녀는 그러한 기술적인 학습과 천부적인 재능을 상쇄할 만한 다른 기능들을 충실히 해내고 있는 듯했다. 가령, 찬양에서 느껴지는 내재된 진솔함 같은 것이었는데 단언할 순 없지만 그녀 스스로 오랜 유학 생활에서 힘에 부치고, 음악적으로 더딘 성장의 좌절을 겪을 때마다 자신을 붙잡아 주었던 하나님에 대한 개인적인 믿음과 순종에서 기인하지 않았나 생각한다.

실제로 인터넷에 몇 안 되는 그녀의 교회 찬송가를 들어 보면 성악을 시작할 무렵의 목소리는 굉장히 탁하고, 고음의 영역을 지배하기는 커녕 다가가기조차 힘든 모습이 역력했다. 하지만 시간의 순차적 흐름에 따라 노래를 들어 보니 이후의 소리들은 예의 그녀가 타국에서 보낸 세월의 숙성과 더불어 스스로의 부단한 노력이 퇴적층처럼 켜켜이 쌓여 많지 않은 나이에도 불구하고 음악에 대한 절실함과 진중함이 음절 한 마디마디, 가사 한 구절구절마다 묻어나는 듯했다.

특히나 그녀의 목소리가 흔히들 소프라노를 생각할 때 연상되는 절대 고음의 영역을 자유로이 넘나드는 것은 아니었지만 노랫말이 내포한 감정 전달의 영역을 자신이 가진 제한적인 메조(Mezzo)의 음역대에서 누구보다도 드라마틱한 호소력으로 청중에게 다가가고 있지 않나 생각한다. 나는 그 어떤 일류 소프라노의 기교나 화려함보다도 그런 모습들이 마음에 와 닿았다.

신에 대한 절대적 믿음 안에서 개인적 성찰과 함께 그녀가 다가가고자 했던 노래에 대한 열정들이 하나의 찬양 속에서 더 깊은 울림과 곡 전체를 추스르며 스스로 어떻게든 이끌어 나가야 한다는 절박함이 단단한 입술을 통해서 말하고 있는 것 같았다. 그러한 진솔함이 이국땅을 딛고 서 있는 나에게도 전해져서 그 믿음이 한없이 미천한 나의 마음을 뒤돌아보게 하였다. 어떤 부분에서는 타국에서의 가엾은 처지가 조금은 동병상련(同病相憐)을 느끼게도 했다.

아마도 종교란, 음악이란 그런 힘이 있는가 보다. 그렇게 암흑의 허상 속에서 애절함을 꽃피워 '진짜'를 만들어 내게 하는 의지와 용기 말이다. 타국에서의 삶은 누구에게나 녹록지 않다. 그것은 가진 경제력과는 무관하게 감정의 소모가 많기 때문일 것이다. 무언가를 그리워하면서도 절제하기란 그만큼 어려운 일이기 때문이다.

그녀뿐만 아니라 한국을 떠나 어떤 이유로든 다른 나라에서 삶을 진행하는 사람들은 다 비슷한 마음을 가지고 있을 것이다. 그럴 때 종교는 마음의 안식을 주기도 하고, 보이지 않는 신의 음성과 기적을 기대하며 드리는 기도의 간절한 울부짖음은 그 자체로 고귀한 영적 경험을 가능케 할 것이다. 니체는 신이 죽었다고 말했지만 그 역시도 죽음의 끝에서 삶의 연장을 신에게 구걸했을지도 모른다.

혹자는 조물주가 세상 모든 한 사람, 한 사람 곁에 함께할 수 없어 우리에게 어머니라는 존재를 보냈다고 이야기하지만 결국 우리가 믿는 신이란 뚜렷한 형상이나 성경과 코란의 율법서에 나오는 낡은 옛날 이야기만은 아닐 것이다. 그것보다 중요한 것은 연약하고 원죄(原罪)를 타고난 인간으로서 우리 삶에 최선을 다할 때, 그 노래하는 소프라노처럼 자신이 가진 모든 것을 바쳐 이루고자 하는 것에 가까이 가려고 하는 진정성이야말로 세상 모든 신들의 마음에 작은 파동을 일으킬 것이라 생각한다.

그래서 더더욱 인간의 보폭으로 신과 함께 간다. 그 누구의 방해와 시기에도 흔들리지 않기 위하여 우리의 자유의지로 신의 음성에 한 걸음 더 전진하기 위하여.

머묾에 대하여

사람의 마음이 머문다는 것은 어떤 의미일까. 사람은 누구나 어딘가에 머물기 마련이다. 단편적으로는 어머니의 태반에 머물다가 집에 머물고, 공간에 머물고, 사람에 머물고, 감정이 깊어지면 사랑에 머문다.

마카사르의 석양을 볼 때면, 항상 마음 저편에서 소리 없는 울컥함이 차오르곤 한다. 물론 예의 그 외경심을 불러일으키는 석양이 가진 원시 자연의 색감에서 밀려오는 벅차오름도 그것에 포함된다. 하지만 그보다는 이방인의 모습으로 살아가며 이 도시의 바람과 하늘을 마주한다는 것은 그 자체로 많은 생각과 고민을 동반케 한다. 그것은 아마 남이 가지지 못한 자유의 다른 얼굴이기도 할 것이다.

자유의 폭은 넓고, 그 깊이는 한낱 인간의 이성으로는 감당해 낼 수 없는 해저의 오묘한 파랑과 비슷하리라. 어쩌면 그것은 여전히 바다 위를 부유하듯 유령처럼 미끄러져 흐르는 기름방울 같은 유목민적 삶에서 오는 불안의 송곳을 껴안은 위험일 수도 있을 것이다. 언제고 스스로를 해할 수 있는 날카로운 그 무엇을 항상 심장 가까이에 지니고 있는 것인지도 모른다. 그것은 마치 자유를 소유한 대가로 주어진 형벌과도 같으리라.

아니, 무릇 한 번도 제대로 가져 본 적 없는 소중한 것을 대상 삼아 한순간의 연기로 환원될지 모르는 찰나의 빛을 마치 온전히 나의 것인 양 누리려고만 하는 이기심에서 오는 불편한 탐욕이 아닐는지. 그렇게 타국에서의 석양은 다 타 버려 없어질 듯 말 듯 한 연약한 불씨만을 남긴 채 하루를 살고, 일주일을 버티며 시간에 몸을 기대어 알 수 없는 마지막 종착지를 향해 나아간다.

"헤이, 브로(Bro)."

친구들은 서로를 보통 '브로'라고 짧게 부른다. 따로 영어 이름을 가지고 있지 않은 나는 외국인의 입장에서 발음하기 어려운 내 진짜 한글이름으로 불리는 대신에 심플하게 영화 속 뒷골목 흑인들이 서로를 부르는 슬랭처럼 '브로'라고 부르는 것에 익숙해졌다. 그래도 나는 여전히 나를 처음으로 다른 사람에게 소개할 때 한국 이름을 고수하는 편인데 상대방이 내 이름을 제대로 발음하지 못하거나 어려워서 잊어 먹는다고 하여도 할 수 없는 일이다.

다만 일부러 보편적이고 평범한 '마이크', '마이클', '존' 같은 미국 영화에서 한 번쯤 들어 봄 직한 영어 이름을 만들지 않은 것을 아직까지 다행으로 여기고 약간의 이상한 애국주의적 자긍심도 가지고 있다. 사실 더 중요한 이유는 한국어로 된 이름이 발음하기 힘들다고 하여 나와 어울리지도 않는 영어로 된 이름을 갖다 붙여서 불편한 코트를 입은 것 같은 기분을 느끼고 싶지 않아서이다.

"웬일이야? 언제 발리에서 돌아왔어?"

종교적인 이유로 술을 마시지 않는 무슬림들이 대부분인 이 섬에서 거의 유일하게 나와 술자리를 가장 많이 한 친구에게서 오랜만에 연락이 왔다. 나는 그가 아직 발리섬에 있는 줄 알고 있었다. 지난 몇 개월 동안 만나지 못했고 내 생일날 그에게서 온 축하 메시지를 확인한 것이 다였다. 그는 얼마 전 마카사르로 돌아왔다고 말했다. 발리에서는 화산 폭발이 있기 2주 전쯤, 그러니까 아직 발리 공항에 비행기가 남아 있을 때 섬을 빠져나왔다고 했다.

사실 불과 몇 주 전 발리의 아궁 화산이 폭발하여 그것이 세계적인 이슈가 되었었다. 특히나 많은 한국인 관광객을 비롯해 세계 여행객들의 천국이자 신들의 섬이라 불리는 발리의 화산 분출 소식은 거기서 멀지 않은 이 섬에서도 큰 이슈였다. 물론 한국에서도 심각한 사태로 받아들이고 급기야 대한민국 정부는 비행기 표를 구하지 못해 섬을 탈출하지 못하고 있는 400여 명의 한국인 관광객들을 위해 전세기를 보내어 그들의 탈출을 도울 정도였다.

하지만 다행히도 뻬뻥(Pepeng Sofyan)은 이미 그곳을 떠난 후였다. 그를 오랜만에 보니 반가웠다. 그는 술을 한잔하자며 그의 친구가 운영하는 술집으로 나를 초대했다.

“헤이, 난 곧 미국으로 떠나.”

그의 그런 소식이 놀랍지만은 않았다. 우리같이 자유롭게 작업을 하는 사람들은 언제고 떠나야 할 때를 준비해야만 하는 것이 일상이니까 말이다. 그는 뉴욕의 한 다큐멘터리 사진 아카데미로부터 장학금을 받아서 1년 동안 학생 신분으로 공부를 하며 자신의 사진 작업을 심화시켜 나갈 것이라고 이야기했다.

나는 그의 도전과 작업에 대한 발전 그리고 새로운 도시에서의 삶을 축복해 주었다. 우리는 연신 맥주병과 칵테일 잔을 부딛치며 독한 술들을 목구멍으로 털어 넣기에 바빴다. 우리 사이에 다른 말이 필요하지 않았다.

술집의 분위기는 어수선했고 토요일 밤의 축제를 느끼려는 사람들로 북적였다. 건너편 테이블에는 무슬림 여성들답지 않게 어깨를 훤히 드러낸 여자들이 어둑어둑한 분위기의 술집에서 서로 사진을 찍으며 즐거운 한때를 보내고 있었다. 그녀들은 뭐가 좋은지 웃음소리가 끊이질 않았다.

라이브 음악을 연주하는 로컬 밴드의 목소리가 마이크를 통해 울려퍼졌다. 연주는 훌륭했으나 기계가 그리 좋아 보이지 않았다. 여가수의 목소리가 귓가에 당도할 무렵, 이미 그것은 갈라지고 찢어진 쇳소리를 내며 귓바퀴를 맴돌았다. 옆에 앉은 빼뺑의 몸이 조금씩 휘청거렸다. 그는 이따금씩 흐르는 음악에 몸을 맡기기도 하고 손가락을 튕겨 가며 리듬을 타기도 했다. 그런 그의 모습에 웃음이 절로 났다.

그는 곧 이 섬을 떠나게 될 테다. 그도 나처럼 자신이 태어난 곳을 떠나 이방인으로서의 삶 속에 이전에 알지 못했던 자신의 자아를 온전히 여과 없이 던져야 할 때가 올 것이다. 그것은 그 어떤 것에도 의지할 수 없는 일이다. 돌부리에 걸려 넘어질 때도 그 누구도 그의 손을 붙들어 주지 않을 것이다. 아마 그의 곁을 지나가는 사람이 있다면, "Are you okay?"라고 힐끗 물어본 다음, 이내 가던 길을 재촉할 것이 분명하다. 마치 망망대해 위에 떠 있는 태평양의 수많은 섬처럼 외로운 삶이리라.

하지만 그런 선택된 고독을 자처하는 것 또한 그와 같은 예술가들에게는 어쩌면 더 나은 작품의 모티브를 위한 필수불가결한 요소가 아닐까 생각한다. 이미 여러 해를 타국의 섬에서 국외자로 살아온 나는 그가 지나갈 삶의 변곡점이 조금은 예상이 되기도 한다. 하지만 나는 아무것도 말하지 않았다. 조언은 때론 정수기에서 나오는 깨끗하고, 안전한 물일 수 있다. 그러나 아무리 필요한 조언이라 하여도 우리가 맞닥뜨리는 삶은 전혀 안전하거나 고상하지 않다.

삶에 튼튼한 안전장치가 있다면 그것은 도전이나 모험이라 부를 수 없을 것이다. 그도, 나도 앞으로 우리가 지나온 것보다 훨씬 많은 혹독한 우연들을 각자의 타국에서 이방인으로 마주하게 될 것이다. 그러면서 새로운 무언가를 배우고, 스스로를 가르치며 나아갈 것이라고 확신한다. 삶이란 얼마나 오래, 얼마나 좋은 곳에서 사느냐가 중요한 것이 아니다. 그것을 왜, 어떻게, 어떤 방향으로 버텨 내느냐가 더 중요한 것이리라.

여가수의 고음이 술집의 높은 천장을 때릴 때쯤 우리는 술집을 나와 서로의 밤을 보내기 위해 비가 내리지 않는 도시의 검은 그림자 속으로 흩어져 갔다.

MAU KE MANA?

두려움에 관하여

오래도록 정든 그 무엇으로부터, 태어난 어딘가로부터 떠나올 때는 낯선 곳에 대한 두려움으로 가득했다. 그것은 인간에게 주어진 익숙하지 않은 감정의 공포와도 같으리라. 그리고 그 낯선 곳에서 살을 맞대고 다른 언어와 사람들의 체취가 익숙해질 무렵이 되면 언젠가 다시 왔던 곳으로 되돌아가야 한다는 다른 형태의 두려움과 마주할 수밖에 없다. 사실 생각해 보면 왔던 곳으로 다시 되돌아가는 일이 더 쉬울 것 같은데 어느새 익숙함이라는 코트를 켜켜이 껴입고서 안주하려고 하는 나태함이 이전에 내가 태어나고 자랐던 '왔던 곳'에 대한 불편한 거북함을 만들어 냈는지도 모르겠다.

집, 고향, 고국이라는 여러 단어로 설명되는 그 '왔던 곳'으로 돌아가는 일은 누구에게나 자명한 일이다. 특히나 타국의 어딘가를 배회하는 익명의 여행자들에게는 말이다. 하지만 누군가에게는 그것이 선택이 될 수도 있고, 다른 이에게는 벗어날 수 없는 운명이나 의무가 될 수도 있다. 그리고 그 두려움의 경계에 다시 서야하는 것은 어찌 보면 안개처럼 셀 수 없는 불투명의 책임 앞에 서야 하는 일일 테고, 익숙'했던' 현실로 편입되어야만 하는 용기와 대치하는 일이 될 것이다. 사실 어디에서나 현실의 삶은 존재하고 있었는데도 말이다.

아마도 긴 여행에서 돌아온 사람에게 주변의 친구나 가족들은 이제 현실을 직시하라고 충고할 것이다. 그런 충고는 초등학교 시절 교실에서 앞사람의 뒤통수를 바라보며 숨을 죽인 채 맞서야만 했던 불주사 바늘이 전해 주는 공포의 한 열 배, 아니 그보다 더 큰 쓰라림이 되어 심장에 '콕'하니 박힐지도 모른다.

하지만 우리가 태어나 살면서 단 한순간이라도 현실과 마주하지 않은 적이 있었던가. 우리는 그것이 다른 공간, 다른 시간 속이지만 우리 각자의 현실을 어떤 형태로든 나름의 방식으로 충실히 살아내지 않았던가. 지금의 현실에서 이전의 사회로 되돌아가는 과정에는 엉터리 편견과 맞서야 하고, 싫어도 때론 상대방이 듣고 싶어 하는 지루한 설명과 더불어 타인에 의한 자기 검열이 필요한 일이야말로 마취 없이 생살을 절개한 다음, 수술을 끝내고 다시 그 부위를 뾰족한 낚싯바늘로

봉합하는 것 같은 아픔과도 같으리라 생각한다.

결국 두려움이라는 것은 타인의 현실 속으로 꾸역꾸역 내 몸뚱어리를 밀어 넣고, 얄팍하기 그지없는 자존심과 영혼까지 탈탈 털어 미세먼지 한 톨의 침입도 허용하지 않은 채, 그들의 삶을 흉내 내듯 복사하여 살아내야만 하는 억지 삶 속에서 양산되는 불법 이면 계약서와도 같다.

그리고 그것은 곧 내 삶도, 타인의 삶도 아닌 제3의 부도인생을 만들 것이라 생각한다. 아니, 그보다 '왔던 곳'에서 주어진 현실의 무게가 '낯선 곳'에서의 자유의 무게보다 더 가볍거나 무거운 것의 차이가 아니라 더 불행해지거나 덜 불행해지는 것의 차이를 만들어 내는 것이라면 홀로 그것을 떠받쳐야 하는 인간이라는 외로운 존재는 무엇을 먼저 택해야 할까 하는 자의적 물음에 봉착할지도 모른다.

그런데 전자의 무게를 시지프스(Sisyphus)에게 내려진 불가항력적인 영원한 형벌이라고 이해한다면, 후자의 무게는 이카루스(Icarus)의 개인적 욕망과 이상에 대한 이기(利己)와 자유로 점철된 호기심의 말로(末路)라고 해야 할까. 그렇다면 인간이 가지고 있는 두려움이란 현실을 애써 외면하려는 무책임에서 오는 것일까, 아니면 현재의 안주가 부르는 현실의 방임에서 오는 것일까. 우리가 가진 두려움이란 대체 무엇일까, 그리고 우리가 극복해야 할 진짜 현실이란 어디에 있는 것일까.

긴 여행의 끝에서 불현듯 찾아오는 불안과 현기증은 여전히 나에게 대답할 수 없는 무수한 질문들을 늘어놓으며 예민한 신경쇠약과 더불어 불면증만을 남긴 채 적도의 까마득한 열대야 속으로 자취를 감추고 말았다.

마음에서 불어오는 행복

마카사르에서 얼마 남지 않은 일요일을 맞아 교회에 가기로 했다. 지난번 폰티아낙 여행에서 돌아온 이후 처음 찾는 교회였다. 무슬림이 대부분인 이곳에서 다행히 법률적으로는 모든 타종교에 대한 자유와 권리를 보장함에도 타국에서 체감하는 종교에의 자유를 스스로 지키거나 그 영적 힘에 마음을 기대는 일은 쉽지 않은 일임에 분명하다. 그래도 특별한 일이 아니면 로자리 비치에서 멀지 않은 개신교 교회를 찾곤 하는데 오늘은 친구가 운영하는 카페에서 커피를 한잔할 겸해서 예배 시간보다 조금 일찍 집을 나섰다.

라마단 시작을 기점으로 본격적으로 건기에 들어선지 꽤 되었는데도 폰티아낙에 있을 때부터 오후만 되면 비가 내리곤 했는데 마카사르에서도 다르지 않다. 마침 오늘 하늘은 아무 걱정도 없는 듯 화창했고, 따가운 햇볕은 도드라진 광대뼈 위에 내려앉았다. 카페에서 친구를 만나진 못했지만 약간 시큼한 에스프레소와 달콤한 아몬드 크로와상으로 간단히 요기를 하고 산책도 할 겸 교회 근처 따만 마찬(Taman Macan) 공원으로 향했다.

내가 다니는 교회에서 약 30미터쯤 떨어져 있는 이 공원은 작년쯤인가 조금씩 공사를 하더니 지금은 도시의 모든 사람들이 쉴 수 있는 적당한 크기의 공원으로 변모하였다. 나는 가끔 이곳을 가로지르기도 하고, 교회에 가기 전 벤치에 앉아서 사람들을 구경하곤 한다. 일요일이라 사람들이 평소보단 많았다. 하지만 공원을 이루는 열대 야자나무와 초록색 풀숲의 창연함에는 비할 바가 아니었다.

공원 안의 사람들은 저마다 나름의 방식으로 즐거운 휴일을 보내고 있었다. 아직 해가 쨍쨍한 대낮인데도 서늘하고 후미진 나무그늘 밑에선 두 쌍의 무슬림 남녀가 조용한 목소리로 사랑을 속삭이는 게 보였다. 이따금씩 여자의 수줍은 웃음소리가 새어나와 귓가를 간지럽혔다. 히잡을 두른 여인들은 남자 친구의 손을 꼭 잡고, 서로에게 어깨를 빌려주며 다정하게 대화를 나누는 모습이 공원의 그 어떤 풍경보다 아름답게 다가왔다.

어떤 무슬림 여자들은 푸른 풀밭에 앉아 사진을 찍고 있었고, 반대편의 다른 무리들은 공원의 상징인 호랑이 조형물 앞에서 그들만의 추억을 핸드폰 속에 남기고 있었다. 나는 작고 낮은 철제 의자에 걸터앉았다. 주황색 페인트가 벗겨진 흔적이 많았지만 앉아 있기에 적당한 크기와 높이였다. 마카사르의 일요일은 공원 속에 다 들어 있는 것 같았다.

저 멀리서 중국계 인도네시아 커플로 보이는 젊은 두 남녀가 작은 강아지를 끌고 나와 산책하는 모습이 한국의 여느 근린공원의 모습과 다르지 않았다. 하지만 이곳에선 흔히 볼 수 있는 광경이 아니다. 그도 그럴 것이 보통 이슬람 율법서에 개와 돼지는 불경한 동물이라 하여 특히 개의 머리를 만지지도 않고, 돼지고기는 먹지도 않는 것이 일반적이기 때문이다. 또 날씨가 워낙 더운 탓에 애완견을 대낮에 산책시키기에는 무리가 있다. 그런데 그 모습도 이 공원에서는 평범한 일상으로 용인되었다.

이어 세 명의 중국인 할아버지가 내 앞을 연속으로 세 번이나 똑같이 구부정한 자세로 지나갔다. 얼핏 그들은 서로 중국말로 이야기를 하였는데, 공원을 걸으며 망중한을 즐기는 듯했다. 적어도 그들에게는 중국어가 더 편한 이민 2세대쯤은 되어 보였다. 그들의 대화를 알아듣지는 못했지만 아마도 심각한 이야기는 아니었을 것이다. 그저 서로의 집안 이야기며, 자식들 이야기, 토끼 같은 손주들 자랑, 은퇴한 이후의 삶에 대한 이야기가 아니었을까. 우리네 여느 한국의 부모님들 처럼 말이다. 어쩌면 산책 후 어디 가서 맛있는 저녁이라도 먹을까 하는 시시콜콜한 대화였을지도 모른다.

그리고 공원 중앙에서 인도네시아 가족 한 무리가 걸어오는 것이 보였다. 히잡을 두르지 않은 여자들과 어린 남자아이가 함께 있었는데 뭐가 그리 즐거운지 행복한 미소가 얼굴에 봉숭아물처럼 물들어 있었다. 그들은 사진도 찍고, 어깨춤도 추며 아이와 시간을 보내고 있었다. 그런데 자세히 보니 남자아이의 생김새가 이른바 전형적인 다운증후군 장애를 가진 모습을 하고 있었다. 하지만 나는 아이에게서 어두운 그림자를 찾아볼 수 없었다. 그래서 나도 처음엔 아이의 장애를 알아차리지 못했는지도 모른다.

그런데 가만히 생각해 보면, 우리 중에 장애를 가지고 있지 않은 사람이 몇이나 될까. 우리의 길지도 짧지도 않은 유한한 삶을 여행하는 동안 육체적 장애든, 타고난 장애든, 하다못해 모두가 조금씩은 마음속 장애를 가지고 있지 아니한가. 그런데 중요한 것은 어떤 사람은 그 장애를 스스로 만들기도 하고, 속으로 병을 키우기도 한다는 점이다. 그렇게 자신도 모르게 멀쩡한 삶에 깨지기 쉬운 흠집을 내고 무거운 멍에를 뒤집어씌우는 사람들보다는, 내가 본 그 아이처럼 자신의 장애를 인식하지 못하고 아무런 거리낌 없이 행복한 웃음에 모든 현실을 묻어 버리는 사람도 있는 것 같다.

하물며 그 아이의 장애는 최소한 마음의 장애가 아니며 그 또한 사회적, 의학적 연구로 타인에 의해 규정된 장애가 아니던가. 만약에 우리가 흔히 말하는 장애의 이면(裏面)이 도리어 정상인 것이라면 이 사회 속에서 인텔리나 지도층이라고 지칭되는 사람들과 기득권층, 재물이 많은 사람들이 떠들어 대는 정상적인 삶이 오히려 더 큰 행복을 방해하며 불치의 장애를 만드는 것일지도 모른다는 생각이 들었다.

언제부턴가 사람들은 자신의 행복을 타인의 그것과 비교하며, 사회적 지위와 그들이 가진 재화의 소유물을 행복의 크기로 정비례하여 정의내린 것은 아니었을까. 그래서 진정한 행복보다는 '규격화'된 공장형 행복을 양산하는 괴물을 낳은 것은 아니었을까 생각해 본다.

어느샌가 바다에서부터 조금씩 적도의 석양이 주황색 커튼을 내릴 준비를 하고 있었다. 장대만 한 야자수의 잎사귀들이 마치 거인족이 손으로 구름을 가리듯 더 짙은 그늘을 만들고 있을 즈음 나는 자리에서 일어나 교회로 발걸음을 재촉했다. 그리고 아마 예배의 끝에는 오늘 본 아이를 위해 기도하는 하루가 되지 않을까. 아니, 반대로 정말 마음이 아픈 보통 사람들을 위한 기도가 더 우선되어야 할지도 모른다는 생각도 함께 말이다.

내 친구가 되어 줄래?

마지막 인사를 건네는 방법

언제가 될지 정확히 알 수는 없지만 이 활화산처럼 뜨거운 열기로 가득한 적도의 섬을 떠나야 한다는 것쯤은 알고 있다. 언제부턴가 늘 마음속으로 그때를 생각하고 있었다. 그리고 그런 이별의 분침이 점점 큰 발자국 소리를 내며 한 걸음 가까이 와 있는 것도 어느 정도 짐작하고 있다.

어느 덧 2년이 넘는 시간이 흘러 그동안 정든 사람들과의 헤어짐을 준비해야 할 순간이 다가온다. 나는 지구를 반으로 가로지르는 적도의 어딘가에서 셀 수 없이 많은 땀을 흘리며 인도네시아 사람들과 함께 웃고, 떠들고, 먹고, 마시며 서로의 안부를 물었다. 이제는 벌써 한국의 새 아파트에서 머물렀던 지난 6개월보다 더 긴 시간을 술라웨시의 마카사르에서 보내며 많이 자유로웠지만, 이따금씩 들려오는 한국의 현실에 안타까워하고 답답해하기도 하였다.

하지만 그러는 사이 조금씩 능숙해져 가는 나의 인도네시아 언어만큼 딱 그만큼의 내면적 깊이가 한 인간으로서 조금 더 많이 경험하고, 발효되고, 숙성되었으리라 생각한다. 비단 꼭 그렇지만은 않더라도 내가 이곳에서 부여받은 끝없는 자유도 이제 마카사르의 다른 이들을 위해 조금씩 놓아주고, 나눠 줘야 한다는 것에 어느 정도 동의한다.

어떻게 여기까지 왔는지, 아니 왜 애써 다시 돌아와야만 했는지 그 표면적이고 피상적인 이유를 차치하고라도 마카사르는 이미 나에게 내가 느껴야 했던 이방인의 외로움보다 더 소중한 삶의 다른 내용들을 가르쳐 주었는지도 모른다. 때론 우리네 삶에서 장황하게 설명되는 어떤 무용담보다는 그저 언젠가 우리가 겪은 젊은 날의 기억을 일기장 몇 페이지에 적어 두고 오래도록 곱씹어 보는 소소한 일상이 지나간 과거를 더 담백하게 만들고, 미화되지 않은 솔직함으로 반추하게 되리라 생각한다.

그렇다면 나는 나중에 시간이 아주 많이 흘러서 이 나라, 이 땅, 이 도시를 어떻게 기억하고 되뇌게 될까. 한순간도 허투루 지나칠 수 없는 열대의 구름과 언제나 여행자의 편이 되어 줄 것만 같은 키다리 아저씨처럼 길쭉한 코코넛 나무들, 단골 카페의 주인아주머니와 도시를 지배하는 무형의 바람들을 어떤 모습, 어떤 냄새로 기억해야 좋을까.

분명한 것은 아무리 노력해도 도시의 냄새는 쉽게 지울 수 없다는 것이다. 마치 손톱 밑 가시지 않는 생선 냄새처럼 말이다. 그건 마치 지나간 사랑의 기억같이 때론 나쁜 냄새, 좋은 추억으로 남겨지기도 하고 바꿀 수 없는 혈액형처럼 몸 안을 돌아다니며 스스로 영원히 존재하는 문신과도 같다.

하지만 안타깝게도 우리는 인생에서 누구나 머묾과 떠남을 반복하게 된다. 잘 다니던 학교에서 다른 학교로 전학을 가기도 하고, 영원히 살 것 같았던 빨간 벽돌집에서 메마른 아파트로 여러 번 이사를 다니기도 한다. 어린 시절 무심코 내뱉은 친구와의 절교 선언이 소중한 우정으로부터의 영원한 유배를 강요하기도 한다.

나는 집을 떠나 군대로 향하던 날의 아침을 기억한다. 이층의 베란다에서 손을 흔들던 누나의 모습도 기억한다. 그렇게 아늑한 집에서 국경 어딘가를 지키는 군인으로 만들어지기 위해 군용트럭을 타고 강제로 먼 길을 떠나야 했었다. 그리고 이제 육체는 더 이상 클 수 없는 몽상(夢想)기의 어린 어른이 되어 고국의 어머니 품을 떠났다가 다시 돌아오기를 반복하며 무던히도 많은 시간을 국경과 공간 사이를 서성거렸다. 혹시 그리워해야 할 단 하나의 마음마저도 남기지 않기 위해 구름 위 어딘가에 모조리 던져 버리곤 하였다. 그리고 지금은 무엇이

나를 이 땅으로 이끌었는지에 대한 물음보다는 곧 떠나게 될 이곳에 대한 진한 아쉬움을 달래는 일에 더 골몰하고 있다.

결국 동양에서 온 검은 머리 이방인은 물질적 욕망을 수집하는 데 있어서 실패했으며, 사랑의 언어를 조립하는 데에도 수완을 발휘하지 못하였고, 불쑥 나타날 여행의 끝맺음에 괜히 불안해하며 나에게 할당된, 어쩌면 당분간 찾아오지 않을 수도 있는 이국의 낭만을 마음 속 근심의 바위로 짓누르고 있는 것이 아닌가 걱정스럽게 느껴진다. 이래서 인간이란 스스로 어리석음을 자처하는 존재라고 하는 것인가 보다.

현재의 삶을 구태의연한 미래의 시간 속에 미리 가두어 그것을 재단하고, 제한을 두는 것이 나는 그토록 안쓰럽고, 애처로울 수가 없다. 누군가 내게 이 긴 여행의 정의를 물어본다면 나는 아마 잘 정제된 멘트로 일갈하며,

"여행이라는 것은 비단 다른 사회와 문화의 피상적 새로움과 마주하게 되는 것뿐만 아니라 개인이 가진 내면의 피부 아래 그 무엇을 들추는 일입니다. 그리고 그것은 단순히 눈으로 즐기는 관광이 아닌 살갗으로 느끼고 마음으로 대하는 능동적인 자유의지가 수반되어야 한다고 생각합니다. 결국 여행이라고 말하여지는 것은 우리 각자의 삶에서 보이지 않는, 가보지 못한, '남아 있는 어떤 길'을 담담하게 걸어가는

것이 아니겠습니까."라고 둔탁한 문장이지만 포마드 기름처럼 번지르르하게 막힘없이 답변할지도 모른다.

그런데 여행을 정의하는 일도 삶을 정의하는 것만큼이나 한 줄, 한 문장으로 가벼이 써 내려갈 수 있는 것은 결코 아닐 것이다. 그것은 우리들 웃음의 이유만큼이나 다 다르고, 시시각각 변화하는 얼굴의 근육과 주름의 방향만큼이나 모두에게 변화무쌍한 것이기에 나는 이 여행의 의미를 얼마간 보류하고 싶다.

좀 더 시간이 흘러 변화해 가는 삶의 길에서 다시 만날 또 다른 여정과 비교할 수 있었으면 좋겠다. 하지만 아마 그때도 무섭게 내리쬐는 적도의 태양을 피해 몸을 숨긴 작은 도마뱀처럼 수줍은 말을 건넬지도 모를 일이다. 어쩌면 말없이 커다란 바나나 잎사귀 뒤로 영원히 사라져 버릴 수도 있을 것이다. 끝끝내 적도의 여름에게 마지막 인사도 건네지 못한 채 말이다.

에필로그

남겨진 현재, 흐려진 과거, 분실된 기억 그리고 봉인된 그리움

약 3년 만에 돌아온 한국은 나에겐 조금 두려움의 대상으로 비춰졌다. 마카사르에서부터 시작된 긴 여정에서 자카르타와 싱가포르, 쿠알라룸푸르 공항에서의 밤샘 기다림 끝에 한국의 인천공항으로 돌아오게 된 나는 입국장을 빠져나와 쉴 새 없이 귓가를 때리는 모국어 소리에 조금은 당황할 수밖에 없었다. 말소리에 아직 적응되지 못한 어린 아기 같았다.

몸의 절반만 한 트렁크와 시름하며 입국장과 출국장의 에스컬레이터를 오가는 여자들과 두툼한 배낭을 짊어진 사람들은 어딘가로 떠나가고, 오고를 반복하였다. 그중에서 나는 인도네시아를 떠나온 사람이었고, 그것은 동시에 고국의 품으로 돌아왔음을 의미했다. 그럼에도 두고 온 도시와 사람들에 대한 그리움이 여전했다. 필시 오히려 한국과 오랜만에 마주한 것에 대한 반가움보다 확실히 더 컸으리라. 그래서 더욱 미안한 마음이 든다.

그런데도 그런 불편한 마음 저편의 분실된 기억은 쉽게 되돌아오지 않는다. 한입 크게 베어 문 수박처럼 빨간 단물이 사라진 곳에는 껍데기만이 외롭고, 하찮게 남아 있다. 소리 낼 수 없는 기타처럼 어제의 환희는 묵음으로 간주되어 돌아왔다. 오지 말아야 했을까. 거길 떠나지 않는 게 좋았을까. 공항 입국장을 나서기 전 에메랄드빛 트렁크를 찾기 위해 컨베이어 벨트 앞에서 기다리는 동안 오만 가지 잡생각이 머릿속을 떠다녔다.

〈자동출입국심사대상이 아닙니다.〉

내가 한국을 찾지 않은 시간만큼 공항 이민국을 통과하는 것도 쉽지 않았다. 나와 같은 말을 쓰는 수많은 한국사람 틈에서 나의 여권은 보기 좋게 거부당하고 말았다. 나는 아날로그 시대의 마지막 유물처럼 옆 창구에 있는 이민국 직원에게 내 허름한 초록색 여권을 내어주고 여권번호와 기타 사항들을 육안으로 일일이 확인받아야 했다.

"외국에 오래 체류했다고 다 그러는 건 아닌데, 조금 특이한 경우네요. 나중에 자동출입국신청을 다시 하시는 게 좋을 것 같습니다."

나이 지긋한 이민국 직원은 내 여권을 확인하며 친절하게 답하였다. 아마도 그것은 누구의 국적인지도 모를 이 땅에 이름 모를 불청객으로 찾아온 '나'라는 사람에 대한 거부반응은 아니었을까. 내 어머니의 나라, 아버지의 땅에 깊이 새겨 두었던 어릴 적의 기억은 시간이 흐르면서 자연스럽게 지워지는 애인의 키스 자국이 되어 버렸는지도 모른다. 조금씩 흐려지는 첫사랑의 시련보다는 해가 갈수록 또렷해지는 마지막 사랑의 냄새로 기억되었으면 좋으련만 내가 떠나온 '현실'과 당장 마주하게 된 '현실'의 괴리는 풋내기 첫사랑과 노련한 연인들의 이별만큼이나 크나큰 괴리감이 있는가 보다.

분주한 공항을 빠져나와 내 입술을 통해 내뱉은 첫마디는 버스티켓을 사기 위해, "표 한 장 주세요."였다. 내가 듣는 나의 한국어가 그토록 어색할 수가 없었다. 마치 외국어를 처음 접하고 더듬더듬 현지인에게 시험해 보는 사람처럼 단어 한 글자, 한 음절에 온갖 정성을 다하였다. 최대한 또박또박 말하려 애쓰는 내 모습이 애처롭고 한편으로 창피하게 느껴지기까지 했다.

하지만 공항 리무진 버스의 안락함과는 별개로 지나온 과거에 대한 쓸쓸한 그리움도 다시 마주하게 된 이 거대한 도시 왕국의 신랄한 현실에는 비할 바가 못 되었다. 빠른 한국말과 그보다 더 재빠른 사람들의 발걸음이 도시 서울의 단상을 여실히 보여 주었다. 지하철의 혼잡

함은 한국으로 오기 전 잠시 머물렀던 싱가포르에서 경험한 MRT의 단조로움과는 현격한 차이를 가지고 있었다.

전철 안의 시원함은 바깥의 여름 공기를 손쉽게 이겨 냈으며, 칸과 칸을 이동하며 무언가를 판매하는 잡상인들의 까랑까랑한 목소리는 내가 떠나기 전 그대로였다. 쏜살같이 작은 광고판 위에 더 작은 종이 전단지를 붙이며 지나가는 어느 할머니의 걸음걸이가 서울살이의 고단함을 충분히 설명해 주고도 남았다.

그렇게 나는 다시 한국으로, 내가 사랑하는 도시 서울로 돌아온 것이 분명하다. 그런데 이상한 일이었다. 내 심장은 팔딱거리던 박동을 가만히 멈추었다. 얼굴은 다시 이전의 무표정한 모습으로 돌아갔고, 눈은 물 밖을 나온 생선처럼 생기를 잃었다. 적도의 태양에 의해 새까맣게 태워진 피부만이 내가 열대 지방의 어디쯤에 있었음을 대신 알려 주는 표식이었다.

마카사르에서 잠시 단단해졌던 마음의 근육은 도시가 가진 이중성과 불협화음에 쉽게 깨어지고, 찢어지고, 상처입고, 쓰러지며 며칠 새 빠르게 무너져 내렸다. 기이한 일이었다. 적도 위에서 나는 그 무더위만큼이나 꺾이지 않는 고집스러움으로 당당하게 서 있곤 하였다. 남들이 걷지 않는 뙤약볕 아래를 수도 없이 걷곤 하였다. 울퉁불퉁한 길 위에서 온몸으로 지열을 견디며 아픈 발을 이끌기도 하였다.

그런데 한낱 한반도의 여름에 맥을 못 추고 부신 눈을 숨기며 고개를 들지 못하였다. 얇은 눈두덩이 아래 애꿎은 회색 아스팔트만 보면서 군중 틈으로 비겁하게 숨어 버리는 내 모습을 발견하였다. 구역질이 났다. 어떤 형태로든 과거의 기억을 미화시키지 않은 채 떠올리는 것은 이롭지 않다. 날것의 진실과 마주할 수 있을지언정 애써 그 시간을 돌이키고 싶지는 않은 것이다.

하지만 어느새 나는 내가 도망쳐 왔던 나의 과거로 회귀하고 있는 듯했다. 도시괴물의 지독한 시궁창 냄새가 내가 떠나온 마카사르의 바다 냄새를 걷어내려 하고 있었다. 그런데도 나는 가위 눌린 사람처럼 아무것도 하지 않았다. 아니, 아무것도 할 수 없었다. 섬에서 가져온 기억과 추억을 지키기 위해 사력을 다해야만 했다. 그것이 가벼운 언어로 치환되는 것을 원치 않기 때문이다. 서울의 냄새도, 마카사르의 냄새도 나에게는 모두 소중하다. 때론 유리병에 담긴 타국의 향수가 더 연약한 법이다. 그래서 그것을 품은 사람도 연약해지는 것일까.